三人遊び

Bunge Maruki
丸木文華

CHARADE BUNKO

Illustration

丸木文華

CONTENTS

遊びのルールはひとつだけ。三人でプレイすること。

何かが終わって始まって

花岡哲平《はなおかてっぺい》はあまりのショックに呆然《ぼうぜん》としていた。

蒸し暑い夏の放課後のことだった。天国から地獄とはこのことだ。

それは、来月に終業式を控え、夏休みも目前という時期に起きた。皆が授業そっちのけで浮ついている日々の最中のことだ。

哲平はがらんどうの教室に一人佇《たたず》んでいた。自分の足で立つ気力もなく、ただ窓に寄りかかってジンジンと痛む唇の熱を感じていた。廊下に響く生徒たちのざわめきや校庭で部活動をしている威勢のいい声が薄ぼんやりと聞こえてくる。梅雨《つゆ》が次第に終わりに近づき、夏も盛りを迎えようとしている校内は、約一ヶ月の長期休暇直前の活気溢《あふ》れる雰囲気に満ちていた。

こんなことになる前までは、哲平もその例に漏れず浮かれていた。高校二年生の夏という、うっすらと大学受験の四文字が見えてくる季節なのにも拘《かかわ》らず、彼は数日前にできた初めての彼女と毎日遊びまくることしか考えていなかった。

そう、人生で初めての恋人を手に入れたのである。そのわかりやすい頭の中身をオブラートに包まずにさらけ出すとすれば、まず出てくるのは『脱・童貞』だった。

「俺、今年の夏はいよいよ一皮剝《む》けちゃうから！」

その日の昼休み、屋上で弁当をかき込みながら哲平は友人たちに宣言した。というか、毎度男連中で集まる度に出てくる哲平の口癖だ。

哲平の周りにいる連中はどちらかというとあまり素行のよろしくないメンツが揃《そろ》っており、当然とっくに童貞など卒業している彼らは、初々し過ぎる友人の張り切りぶりを生温かく見守っていた。

「緊張で勃《た》たないに五千円」

「アルコールで勢いつけようとして結局飲み過ぎて寝るに一万」

「やめろっつーの。んなことばっか言って現実になったらどーすんだよ！」

「バカ、有り得そうだから賭《か》けてんだろ」

不吉な予言ばかりする友人たちに勢いを削がれつつ、それでも少し時間が経《た》てば哲平の期待は再びぐんぐんと膨らんでいく。何しろ、健全に生きてきた十六年間で初めての彼女なのだ。何も妄想するなという方が無理な話なのかもしれない。

哲平はよく言えば純粋、悪く言えばガキで、男友達と遊んでばかりで女の子と手を握った経験すらなかった。気がつけば周りはもうほとんど彼女持ち、或いは経験済みの連中ばかりだ。まるで女っ気のなかった哲平は、いつの間にか急速に大人になっていた同級生たちがとうに去った『童貞島』に一人ぽつんと取り残されてしまっていたのである。

　自分の外見もあまり女の子にとって魅力がないと自覚している。背は低いわ体格は貧弱だわ、顔はよく猫みたいだと言われるが、要するに何もかもが男らしくないのだ。

「しっかし、あの吉村《よしむら》がＯＫするなんて、マジで予想外だったよな」

　樫井佑治《かしいゆうじ》は面白くなさそうに煙草《たばこ》に火をつけた。ほとんど金に近い色に脱色した髪と言い複数開いたピアスと言い、仲間内で最も不良と呼ぶにふさわしい外見だったが、他《ほか》も不真面《ふまじ》目《め》な顔面をした連中が揃っている割りに、煙草を吸うのはこの樫井だけだった。煙草嫌いの哲平が避難しようと腰を上げると、無理矢理太い腕で抱き締めてふうっと顔に煙を吐きかける。

「くせえ、やめろバカ！」

「教えろよ哲平、お前なんて言ってアイツの気ィ引いたんだよ」

　ねちっこい調子でわざとらしく問いかけてくる樫井から逃げようともがくが、無駄に馬鹿力でビクともしない。

「普通だよ、ていうか、お前らが好きです付き合ってくださいって言えって命令したんじゃんか！」

「そうそう、そもそもコイツが告白したのって罰ゲームだったじゃん。いちばん無理っぽそうな奴、ってことで選んだのによ」

黙々と昼食のパンにかじりついていた一人がため息をつく。そう、友人たちが少し意地悪な理由は哲平の彼女にもあった。

明るく可愛《かわい》いクラスの人気者、吉村美樹《みき》は、他校の生徒からも『北澤《きたざわ》高校陸上部の妖精』と呼ばれるほどの、超難易度の高い存在だったのだ。涼しげなショートカットの髪にくりっとした大きな瞳《ひとみ》。長距離選手の吉村はスラリとしたスレンダーな体型にカモシカのような長い脚がとても魅力的な少女だった。誰《だれ》もが振り返るような容姿をしているのに、それを鼻にかけないサッパリとした爽《さわ》やかな性格も人気の理由のひとつだ。

それが、意外にもあっさりと哲平の好意を受け入れてくれたので、誰もが唖然《あぜん》としてしまった。哲平自身も最初は冗談だと思っていたが、数回デートを重ねている内に、どうやらこれは現実らしいということがわかってきたのだが、正直今も夢を見ているような気分である。

「吉村、俺のこと前から気になってたって言ってたけど」

あまりにも幸運な巡り合わせと片づけてしまうのもつまらなかったので、哲平は念のため本人に聞いてみた。けれど、前から気になっていたと言われても、やはりよくわからない。普通のクラスメートとしてしか接していなかったはずだ。

「それがわかんねえんだっつーの。なんでお前なんか気になるんだよ」

「そんなの俺だって知らねえよ。具体的に教えてくんなかったし」

すると、一人が思いついたように、

「あれじゃん？　去年の文化祭」

と声を上げる。すると、納得いくようないかないような、微妙な空気が流れた。樫井もうーんと低く唸《うな》り、腕に抱き込んだままの哲平をじろじろと眺める。

「あー。ライブか……確かにそれはあるかもな。歌ってるときの哲平、詐欺だもんな」

「詐欺ってなんなんだよ。騙《だま》したみたいに言うな」

哲平は軽音部に所属しており、ボーカルを務めている。体は小さいが声は驚くほどよく伸びるとかなり好評で、文化祭のライブでは一躍有名人にもなった。ただその文化祭以降、部活内でちょっとしたゴタゴタがあり、現在活動停止中だ。また歌う機会があるのかどうかわからない。

「でもあれだけで付き合うのOKする理由になんのかなあ」

「知らね。どうせ吉村もお遊びのつもりだと思うぜ。大体あいつちょっと高いヒール履《は》いたらお前と身長同じくらいじゃん」

「身長のことは言うなって」

樫井の意地悪な一言に、大げさに嘆いてみせながらも内心はかなり深刻に傷ついていたりする。中学校で止まってしまった身長は哲平のコンプレックスの最たるものなのだ。

普段から弄《いじ》られ役の哲平だが、吉村美樹と付き合い出してからはますますそんな役割ばかりになってしまった。けれど、やっかみ半分とわかっているのでそんなに辛《つら》いとも思わない。

それよりも、哲平は燃えていたのだ。始まりは下らない罰ゲームだったが、これはいよいよ大人の階段を上るチャンス！　と燃えに燃え上がっていた。燃え上がり過ぎて、興奮でしばらく食事が喉《のど》を通らず、ただでさえ痩《や》せっぽちな体が更に薄くなってしまったほどだ。しかし彼女がいる哲平は無敵だった。なんでもできるような気がした。それこそ、一夏の経験まで一直線、という意気込みだった。

「つか、お前随分はしゃいでるけど期末テストどうすんだよ。あんまバカだと吉村に嫌われるぜ？」

「大丈夫。いざとなったら京介《きようすけ》にみっちり勉強教えてもらえるし」

「京介って誰だ？」と樫井が呟《つぶや》いたすぐ後に、「あ、和泉《いずみ》か。あのいつも学年一位の」と思い出す。

「幼なじみだっけか。まあそうでもねえとお前みたいなアホと和泉がつるんでるワケねえよな」

「アホって言うな。俺だってやればできるんだからな」

そのとき突然、屋上のドアが開き、制服姿でない男が入って来た。

「あ、滋兄《しげにい》……」

そのよく見知った姿に、つい哲平はいつも通りの呼び方をしかけて、慌てて呑《の》み込んだ。

男は哲平をちらと見て苦笑する。しかし用があるのは哲平ではないようだった。

「おい樫井。向かいの職員室から丸見えだっつーの」

樫井が右手にくゆらせている煙草に顎《あご》をしゃくる。樫井は狼狽《うろた》えることもなく肩を竦《すく》めた。

「いつものことじゃん、シゲちゃん」

「勘弁してくれ。せめてもうちょっと隠れてやれよ」

通称シゲちゃんこと武田滋《たけだしげる》は、ここ県立北澤高校二学年の英語教師だ。同時に、哲平にとっては近所に住んでいる『滋兄ちゃん』でもあった。そのことは、教師である滋にとってあまりいいことではないかもしれないので、友人たちには言っていない。

滋は悪びれない樫井にため息をつき、ネクタイを緩めながら白檀《びゃくだん》の扇子でバタバタと喉元を煽《あお》いでいる。いつもの姿だが、それがオヤジ臭い、と哲平は密《ひそ》かに思う。自分たちより十二歳も上なのだからオヤジ臭いのは仕方ないが、折角イケメンと言える容姿をしているのにもったいないなと哲平はぼんやり考えていた。

かつて水泳で鍛えた長身はシャツの上からでも引き締まっているのがわかる。全国大会出場経験もあるため水泳部の顧問も任されているらしい。彫りの深い顔立ちも整っていて、浅黒い肌の色とも相まってワイルドな雰囲気もあるが、笑うと意外に子供っぽい無邪気な表情になった。

「お前、次発見したらホントに没収だからな。っていうか、他の先生方に見つかったら即行だぞ。俺は知らねえからな」

　お説教というよりは、呆《あき》れているような軽い口調だ。

「別にいいじゃん。先生たちだってバカスカ吸ってんだろ。ズリーよ」

「ここにいる内はルールに従えよ。その方が楽だろうが。つまんねぇことでますます面倒ごとが増えるだけなんだからよ」

　じゃあな、と適当に手を振って、滋は早々に屋上を去った。普通なら喫煙現場を教師に見つかり慌てるところだが、皆何事もなかったように会話を続けている。

「樫井、シゲちゃん困らせんなよー」

「だってよ、哲平が下らねえ童貞妄想ばっか言いやがるからムカついてよ」

「俺のせいにすんな。つうかいい加減に離せ、煙草クセエ」

　樫井はゲラゲラ笑いながら嫌がる哲平に頬擦《ほおず》りしたり、耳にふうっと生温かい息を吹き込んだりして嫌がらせに余念がない。香水と煙草のニオイが混じったおおよそ食事中には適さない香りに包まれて、哲平の細い食欲はますます減退してしまった。

　こんな不良連中にも、滋は案外好かれている。男女問わず生徒に人気があるのは、長身の爽やかスポーツマン風の見た目がウケているからだけではなく、基本的に明るくて人なつこいからだろう。どこか嫌味ったらしい物言いをする教師の多いこの学校では珍しいくらい、滋はカラッと乾いた率直なことしか言わなかった。

それにしても、哲平の日常はやかましかった。クラスの悪友どもが集まれば、近頃はいつも哲平が槍玉に挙げられてしまうのだが、その内に哲平の『脱・童貞宣言』も引っ込みがつかなくなってしまった。もちろん本人も遂行する気満々だったが、何分経験が皆無なので勢いだけが先行していた。

(あーあ……あいつらになんて言おう)

哲平は昼間のことを思い出しながら、力なく半笑いの表情を浮かべる。何をどう言っても、当分のネタにされることは必定だった。

あれだけ鼻息も荒く宣言していた、その目標が今さっき呆気《あっけ》なく潰《つい》えてしまったのだ。どういうことかと言うと、つまり哲平は夏休みを迎える前、早々に彼女にフラれてしまったのだ。

「てっちゃん?」

ぐったりと窓に寄りかかっていた哲平の意識を、耳慣れた声が呼び戻す。

「何してんの、一人で」

「京介……」

廊下から教室の中を覗《のぞ》き込んでいたのは、幼なじみの和泉京介だった。誰もいない教室の入り口にスラリと立つ長身に、哲平はぼんやりとコイツも随分身長伸びたなあと考える。

「こんな時間に残ってて平気なの。今日バイトじゃなかったっけ」

「おう。今日はシフトずれてんだ。まだ大丈夫」

京介はバッグを抱えた格好で、これから予備校に向かう途中だったのだろう。同じ学校で同じ学年だが、クラスだけ違う。これまで小、中学校と同じで高校まで同じになってしまうとは思わなかったが、それに驚いたのはむしろ京介の方かもしれない。哲平も、自分がこの高校に入れたことは奇跡だと思った。京介に負けたくなくてかなり頑張った成果もあるのだろうが、半分以上はまぐれだと思っている。

「お前もこれから予備校だろ」

「うん、そうだけど。どうせなら途中まで一緒に行かない？」

「いや……俺、ちょっと寄るところあるから、いいや」

「そうなの？」京介は落胆した表情で俯《うつむ》く。「なんか最近てっちゃんと全然喋《しゃべ》ってない」

「どうせ近所なんだからいつだって会えるだろ」

「そうなんだけどさ……」

「しつけえよ、京介」

思わず苛《いら》ついて語気を荒らげてしまう。京介は何も悪くないけれど、昔から親分子分のような関係だったせいか、京介のことは邪険に扱ってしまう。そんな哲平の態度には京介も慣れていて、ただ不満げに黙り込んでいるだけだ。

「悪いけどさ、今一人になりたいんだよ。また後でな」

そう、と京介は残念そうに呟いて、「バイバイ、てっちゃん」と軽く手を振って教室を出て行った。

（あいつ、予備校とかでもスゲーモテるんだろうな）

ふと、脈絡もなくそんなことを考える。京介のことを好きな女の子がそこら中にいるのは知っていた。昔はちっともそんな気配がなかったのに、こんなふうに人気が出てきたのはいつ頃からだろう、と考える。小さい頃はよく女の子に間違えられていたその可愛らしい顔は、女性的な甘さと優しさを残したまま、いつの間にか男の顔になっていた。小学生の頃バカにされていた眼鏡《めがね》は、今では理知的な雰囲気を表すアイテムに変化している。常に学年一位、スポーツもソツなくこなし、誰にでも優しいクールな和泉君、という存在が、おむつの頃から付き合いのあった自分の幼なじみとは俄《にわか》に信じ難い。しかも、それが自分の後をついて回ってばかりいたあの弱虫な京介だなんて。

（京介なら、こんな恥ずかしい失敗、しないよな……）

そのことを考えると、この場から飛び降りたくなってしまう。ここは二階なのでせいぜい骨折程度だろうと考えると、それも中途半端で泣けてくる。

「……行くか……」

小さく呟いて、重い腰を上げた。これからファミレスのバイトだ。慣れているので苦痛ではないが、今の哲平にとってはかなりの重労働だった。部活動が停止中で時間が空いたとばかりにみっちりシフトを入れてしまった過去の自分を恨む。

(そもそも、バイト始めたのも、金貯《た》めてバイク買って、後ろに彼女乗っけるのが夢だったからなんだよな……)

そんなことを思い出したら、尚更惨めになってきて、哲平は努めて何も考えないようにバッグを引っ掴《つか》み大股《おおまた》で風を切って歩き出した。

校舎の裏口から出ようとしたとき、近くでバイクの停《と》まる音がする。

「おい、哲平」

樫井だった。こういうときに限って、友人とバッタリ出くわしてしまうのは一体なんの因果なのか。バイクに跨《また》がった樫井に手招きされて渋々近寄ると、二の腕を分厚い手に摑まれて強引に引き寄せられた。

「なんだ、つまんねぇ顔しやがって。これからバイトか？」

「うん、そうだけど」

「乗せてってやるよ」

「いい、すぐ近くだし」

今まさに思い描いていたシチュエーションを、樫井と再現することになるなんて、とんでもないと即座に断る。しかも自分が後ろに乗っかる方になるとは、今の状況が状況だけにあまりにも惨めだ。

「つれねえなあ。麻衣子《まいこ》ちゃんは喜んで乗ってくれたのにさ」

「なんだよ……そんなのずっと前の話だろ」

哲平と樫井がこうして友人関係になったのは二年に上がって同じクラスになってからだったが、実は出会いはそれより一年ほど前だった。樫井は高校一年生の春に哲平の妹の麻衣子を痴漢から助けたことがあり、家までバイクで送ってやったところを出迎えたのが兄の哲平だった。そのとき樫井はろくに名乗りもせずに去って行ってしまったのでそれきりになっていたが、秋の文化祭で哲平が舞台で歌ったのを見て同じ学校の同学年だと気づいたのだ。

しかし、それまで連絡先がわからないと思っていたのは哲平だけだった。実は、麻衣子は兄に内緒で樫井と半年ほど付き合っていたのだ。それを聞かされたのはこうして樫井とよく喋るようになってからのことだった。「お兄ちゃんと同じ高校だったなんて全然思わなかった」と麻衣子は笑っていたが、それは誰もが思うことだろう。北澤高校と言えばこの辺りでは有名な進学校なのだ。こんな不良の見本のような見た目の生徒がいるとは誰も考えない。哲平のようなあまり頭の回らなそうな顔の生徒がいるとも思わないだろうが。

実際、樫井は本物の不良ではないのだろう。ただ真面目な生徒が多いこの学校で「自分は他人と違う」と差別化を図りたかっただけなのではないか。樫井だけではなくいつも一緒にいる若干素行の悪い彼らも同じだ。哲平にもその気持ちはよくわかる。優秀な進学校に通っていながらちょっと悪いこともする、というのがカッコイイという意識がある。

「なあ、乗って行けって」

「やだ。第一、お前の運転荒そうで事故るの怖い」

「後ろ乗ったことねえくせに、可愛くねえの」

樫井は唇の片端を吊り上げて野卑な笑い方をする。これ以上、またいつものように絡まれては堪《たま》らないと、哲平はその手を引き剝《は》がそうとした。

その瞬間、急に勢いをつけて腕を引かれて、樫井の胸の中に巻き込まれる。何事かと目を白黒させている内に、首筋に突然痛みを感じて、体がビクンと跳ねた。

「いっ……」

咄嗟《とっさ》にその体を突き放し、呆然としている哲平を、樫井は下品な声で笑いながら眺めている。思わず手の平で押さえた首筋はじんじんと熱を持っているが、鏡で見てみないとどうなっているのかはわからない。

「な、何すんだよ……！」

「お前の首、美味《うま》そうだったから」

「吸血鬼か！」

恐らく、ガブリと嚙《か》みつかれたのだろう。樫井の行動はいつも唐突過ぎて、びっくりする。背中に無遠慮な視線を感じながら、哲平はこれ以上何かされない内にとほうほうの体で逃げ出した。

（キス失敗でフラれたり、路上で首に噛みつかれたり……今日はなんなんだ⁉）

何か悪いものでも憑《つ》いているんじゃないだろうか、と思うほどの不運ぶりだ。この憤りを発散するのに、いちばんいい手段はあれしかない。哲平はせめてそこに辿《たど》り着くまで暴走することは抑え込もうと決意し、バイトの時間を耐え抜くことにしたのだった。

＊＊＊

「あああああ〜〜もおおおお〜〜‼」

バイトが終わって部屋に着くなり哲平は耐え切れなくなり、発作的に叫んだ。するとやまびこのように間髪入れず階下から「うるせえぞ！」と父親の怒鳴る声が響いてくる。哲平はもう何もかも嫌になって、一秒たりともじっとしていられなくなり、着替えと財布を引っ摑んで階段を駆け下り風呂《ふろ》場へ駆け込んだ。即行でシャワーを浴びると、脱ぎ散らかした制服もそのままに、いってきまーすと声だけ上げて玄関から飛び出す。するとすぐ後から父親が慌ててサンダルを突っかけて追いかけて来る。

「おい、このうすらバカ、テメエどこ行くんだ、哲平！」

「今日は滋兄ちゃんち泊まる」

突《つ》っ慳貪《けんどん》に言葉を返すと、父親は目を剝いて憤った。

「ハア？　いきなり何言ってんだよ。今試作中のラーメンの味見しろコラア！」

「んなもんいらね。魚臭いダシは嫌だっつってんだろ」

「今日は鶏《とり》ガラだ、食って行け！」

哲平は捕まえようと追ってくる父親の手を振り切り、通りを走った。哲平の父親はごく普通のサラリーマンだったが、どういうわけかある時期から脱サラしてラーメン店を始めたいという野望を抱いてしまい、そのため暇さえあればラーメンを作って家族に味見をさせようとする。しかし、こう頻繁になっては皆うんざりしてしまう。母も麻衣子も父親がラーメンを作り出す気配がすると外出するようになってしまった。というのも、正直お世辞にもあまり美味《おい》しいとは言えない出来で、こんなもので商売をするなんて到底無理だと思えた。それを抜きにしても、まだ自立していない子供二人を抱えて無謀な挑戦をしようとしている父親に、そんなことはとんでもないと母親は激昂《げっこう》し、毎度の夫婦喧嘩《げんか》の種になっている。

哲平はとりあえず近くのコンビニに向かった。そこで夕飯になりそうなものを適当に買い込むと、その足で自宅から五分の距離の武田家へ急ぐ。金曜日の夜だったので、もしかすると滋はデートにでも出かけてしまうかもしれないと思ったからだ。

滋は哲平の高校の教師でもあり、一回りも年上の幼なじみでもあるのだが、こんなに年齢の離れた友人を幼なじみと呼んでもいいものか、と時々思うこともあった。しかし、哲平にとっては物心つく前から一緒に遊んでくれていた『兄ちゃん』なのだから、やはり幼なじみと言う他はない。親同士の仲がよかったので、しょっちゅう互いの家を行き来していた。その間、当然哲平の子守役は滋になり、滋自身男ばかりの三人兄弟の末っ子だったために弟が欲しかったらしく、嫌な顔ひとつせずいつも面倒を見てくれていたのである。

「入れてー、滋兄ちゃん」

インターフォンを鳴らすと、すぐに中からワンワンと威勢のいいリンの鳴き声が聞こえてくる。リンというのは武田家で飼っているトイプードルの名前で、もう四歳になるのに未《いま》だにヤンチャで人なつこい可愛いアプリコット色の犬だ。

しばらくするとドアが開き、Tシャツにスウェットパンツを着た滋が寝ぼけたような顔でのろのろと出て来る。学校で絶え間なく扇子を揺らしている姿はオヤジ臭いが、普段着だと大分若くなり、大学生のようにも見える。どうやら、今夜出かける予定はなかったようだ。

「おう、哲平。どうしたんだよ、いきなり」

「今日泊めて」

「ハア?」

答えも聞かずにズカズカと家の中に上がり込む。リンが転がるように走って来て、ハーフパンツから伸びた哲平の足に嬉《うれ》しそうにまとわりつく。滋はちょうど夕飯を食べている最中だったようで、ご飯と豆腐としいたけの味噌汁《みそしる》に、キャベツの千切りの添えられた生姜《しょうが》焼きの皿がテーブルの上に並んでいる。滋は今この家で一人暮らしをしているが横着することなく家事はきちんとこなしているようだった。図体のでかい見た目に似合わず案外料理上手なことは、時々こうして夕飯時に飛び込みつまみ食いをさせてもらう哲平もよく知っている。

滋は元々大学時代から一人暮らしをしていたが、両親がリタイアと同時に世界中を旅行しているためほとんど実家に誰もいない状態になってしまい、リンの世話をするためにこの家にいることが多かった。兄二人はどちらも結婚しているため、未だ独り身の滋に飼い犬の世話と家の管理というお役目が回ってきたというわけだ。

「おい、どうしたんだよ。泊まるって、おばさんとかにはちゃんと言ったのか」

突然やって来た哲平にさすがにわずかに困惑した様子で滋は頭を掻《か》いた。

「うん。さっき親父《おやじ》に言って出て来た」

「ん……ならいいけど」と呟くものの、「でもお前さあ、相変わらず唐突過ぎるって。俺が家にいなかったらどうするつもりだったんだよ」と疲れた調子でため息をつく。

「いるんだからいいじゃん。あ、もしかして夜遅くデートとか行く予定だった？」

「いや、別に」

と、ふいに滋は不思議そうに首を傾《かし》げた。

「あれ、話してなかったっけ」

「何が？」

滋はふうっとため息をつき、きまり悪そうに鼻先を掻く。

「俺、とっくに別れたの。もうすぐ半年くらい経つかなあ」

「え？　そうだったの⁉」

思わず哲平は声を高くする。

「なんだそれ。マジで？　あの結構長かった人だよな？」

「うん、そう。驚いた？」

あっけらかんとしている滋に、哲平は憤慨した。

「そりゃそうだよ！　なんで言ってくんなかったんだよ！」

「そりゃお前……わざわざご報告するほどのことでもないしなあ」

気のない声でぽりぽりと首筋を掻いている滋に、哲平はもどかしさに癇癪《かんしゃく》を起こす。

「俺は滋兄ちゃんにとってそんなにちっぽけな存在なのか！」

「バカ、仮にも干支《えと》が同じじっつー一回りも下のガキにいちいち恋愛相談するわけねえだろ」

「ひでえ！　冷たいよ！」と言いつつ、「で、なんで別れたの？」と、やはり興味はそちらにいく。滋は面白くなさそうに口を歪《ゆが》ませ、

「半年も前のこと話したくねえなあ。つまんねえこと話すのやめようぜ」

と、話題を逸《そ》らそうとする。

この一回り年上の幼なじみが少しこういった弱い部分を見せると、哲平の中に途端にむくむくと悪戯《いたずら》心が湧《わ》いてしまう。年齢的に当然と言えば当然だが、昔から子供扱いをされてい

たので、少しでもこちらの土俵に引きずり下ろすきっかけが見えると嬉しくなってしまうのだ。

「あら、もしかしてまだ引きずってます？」

「うるせえ、クソガキ」

「純情だもんなー、滋兄ちゃん」

「はいはい、俺は一途《いちず》ですよ。フラれたもんはどーしようもねえだろ」

チッと舌打ちをして、もうこの話題はおしまいとばかりに、滋は椅子《いす》に座り食事を再開した。これ以上突くとマジギレされかねない気配もあったので、哲平も仕方なく向かい側に大人しく座った。

（それにしても、滋兄ちゃんでもフラれるんだなあ）

　意外なことに滋が自分と同じ境遇にあったことに哲平は少し安心した。そのせいか腹が減ってきて、コンビニで買ってきたパスタのラップを剥がし始める。新作の和風パスタだ。このコンビニのパスタで当たったためしはないが、それでも新しい商品が出るとなんでも試してみたくなってしまう癖があった。

「何、それ。そこで買って来たのか」

「うん、そう。つい最近出たんだ。野菜は別になってて、パスタと他の具だけ温めて、後で乗せるんだって」

「へえ。近頃のコンビニ商品も凝ってるやつ多いなあ」

興味深げに哲平の手元を覗き込みつつ、「あ、そう言えばさ」と急に何かを思い出したように顔を上げる。

「親父さん、とうとうラーメン店始めるのか」

「うえ？」

口に入れていたパスタを噴き出しそうになる。

「いやいや、そんな予定ないよ！」

「え、そうなんだ？　でも、こないだスーパーで会ったとき、そろそろ店の場所決めないとって言ってたぜ」

滋の言葉に、哲平は一気にテンションが下がった。

「マジかよ……冗談じゃねえぞ」

「お前は反対なのか？　ラーメン店」

「当たり前だろ！　うちの家族全員反対してるよ！」

突然の哲平の剣幕に、滋はぽかんとする。

「滋兄ちゃんだって、食ってみればわかるよ。あんなんじゃ成功しない」

「……そんなに、不味《まず》いのか」

「不味いっていうか……微妙」

あのなんとも言えない中途半端な味を思い出しつつ顔を歪めると、滋は腕を組んで低く唸った。

「うーーん。それじゃ、難しいよなあ……」

「うち、いっつもそれで夫婦喧嘩になるんだよ。まだ麻衣子も中二だしさ。俺も大学行くつもりで、やっぱ親父にはもうしばらくサラリーマンやってて欲しいし」

「そうだよなあ。ま、親父さんのラーメンへの情熱はスゲエと思うけどな」

「趣味で終わらせておいて欲しいよ……思い込むと一直線なんだもん、うちの親父」

「ははっ。お前も似たとこあるよな」

「うげ、親父と似てるなんてぜってーやだ」

これ以上あの厄介な父親の話が続くのも勘弁して欲しいので、哲平はそそくさと他の話題を探す。

「ところで、今おじさんとおばさん、どこ行ってるんだっけ」

「ヨーロッパ一周旅行的な感じ。今頃はベルギーら辺じゃねえかな」

「いいよなあ……いろいろ飛び回っててさ」

「そのしわ寄せがこっちにも来てんだけどな。ま、大した苦労じゃねえけど」

滋は足元にいるリンの頭を撫《な》でつつ苦笑する。

「一人暮らしの奴がペット飼うと恋人できなくなるっつーけど、なんかわかるわ」

「え、どうして」

「こいつで満たされちまうもん。帰って来たら玄関まで飛んで来て尻尾《しっぽ》振ってさ……デートなんか行ってる場合じゃねえって感じになっちまうよな」

「あー、でもわかる。俺も犬飼いたいなあ……母さんがアレルギーじゃなきゃ欲しいんだけど」

花岡家では犬や猫を飼ったことがなかった。対して、武田家では常に犬を飼っていて、このリンで三代目だ。動物好きの哲平が小さい頃よくここへ通っていたのも、それがひとつの理由である。

「アレルギーって、動物の毛か?」

「そうそう。目が痒《かゆ》くなったり鼻水とかも出るらしいんだ」

「それならプードルがいいんじゃねえかな。全然毛抜けねえから」

「へえ、そうなんだ」

「その代わり生え変わりがなくてどんどん伸びちまうから、定期的にトリミングに行かなきゃなんねえんだけどな」

「ふーん……じゃあちょっと聞いてみるわ」

そんな世間話をしつつ、哲平はぺろりとパスタを腹の中に収めた。なかなかいい味だったかもしれない。少なくとも、今までのパスタよりも何倍も美味かった。

そのとき何気なく哲平を眺めていた滋が、ふと何かに気がついたように、その顔をじっと観察した。

「ていうかお前、ここどうした」

「え、ここって」

滋は指で右の首筋をトントンと指してみせる。哲平は思わずその辺りを手で撫でた。

「何、なんかついてる?」

「なんか痣《あざ》っつーか……、歯形っぽい」

「あっ」

哲平は放課後のことを思い出して、かあっと頬に血が上るのを覚えた。それを見て、滋はニヤニヤと笑いながら、わざとらしくため息をつく。

「あーあ。ガキだった哲平もそんなもんつけるようになったか」

「ち、違う！　これ、樫井だよ！」

「樫井……?」

途端に、滋の表情から笑みが消える。

「どういうことだよ。樫井がそれつけたのか」

「あいつ、悪ふざけで俺が嫌がることばっかかすんだ。今日も煙草臭いのにずっと引っつかれてさ」

樫井は小学校によくいるガキ大将がそのまま大きくなったような、悪戯が大好きな悪童という感じの性格で、哲平は樫井の玩具そのものといった具合に常に弄られていた。時々度が過ぎることもあるが、その反面兄貴肌でいろいろと面倒を見てくれることもあるので、哲平にとっては正直うざったいと思いつつ憎めない存在なのだ。何より、妹を助けてくれたという恩がある。軽薄だが正義感は強い。

「そんで、首筋に嚙みついたってのか」

「うん。放課後偶然会って、そんでいきなり」

「……あいつも根っから悪い奴じゃないんだろうけどな……」

滋は深いため息をついた。やるせない目つきで哲平を眺めながら、美味くもなさそうに生姜焼きを口に運ぶ。

「ていうかさ、お前、なんでああいう奴らとつるんでるんだ」

「え、ああいう奴らって?」

「いわゆる不良だろ。うち、なまじっか偏差値高いから生徒の自主性に任せて校則も緩いけどさ。樫井なんかはそれでもちょっとはみ出し気味だよな」

哲平は滋が彼らを不良と呼んだことに少し失望した。滋も一応教師だということはわかっているが、悪い評判が少しあるからと言って一括《ひとくく》りに『不良』と煙たがる他の教師とは違うと思っていたからだ。

「別に……理由とか考えたことないよ。ただ、一緒にいて楽だから、とか」

「だけどお前、変なことに巻き込まれたりしてないのか」

「変なことって？」

「あいつら時々顔に痣作ってるし、問題にはなってないけど喧嘩沙汰《ざた》も結構多いんだろ」

これには少しドキリとする。確かに、ファミレスやカラオケで仲の悪い連中と鉢合わせになったとき、摑み合いの喧嘩になったことは一度や二度ではなかった。騒動になりかける寸前で収まるか逃げ出すかはするものの、哲平もそういった場面では樫井たちと一緒に行動することのデメリットを感じる。

（でも、あいつらは友達なんだ。一緒にいて損か得か、なんてこと思いたくない）

なんでも正直に話す哲平だが、このことに関しては口をつぐもうと決めた。滋も事実を知ったからと言って悪いようにはしないだろうが、さっき不良と嫌な顔をされたことが哲平の中にわずかな不信感となって残っている。青臭い連帯感だとわかっているが、友人を裏切るようなことはしたくなかった。

「さあ、どうだろ。俺といるときは大丈夫だよ」

「それならいいけど。京介は何も言わないのか」

ここで京介の名前が出たことに、哲平は首を傾げた。京介と哲平と滋は幼なじみなので、昔はよく三人で遊ぶこともあった。同い年の二人から離れて滋はしばらく疎遠だった時期もあったが、今では三人とも同じ学校に生徒、教師として通っている。哲平も京介も滋がいるからこの高校に決めたわけではないが、とことん縁のある三人なのだと思う。

「なんでだよ。京介だって誰とでも仲いいじゃん」

「お前に変な連中と付き合うなって言わないのか」

「言わねえよ、そんな親みたいなこと」

京介は優しいし哲平の周辺に何か問題が起きれば心配してくれるが、交友関係や哲平の行動に口を出してきたりはしない。むしろ、京介の方が哲平にいろいろ相談することの方が多いような気もする。京介は中学校まで体も小さく、放課後は毎日家庭教師について勉強ばかりして友達も少なかったため、いじめられることも度々あった。その度に哲平が庇《かば》ってやっていたので、哲平の方が兄貴分のような関係だったのだ。今では体格もまったく逆転してしまい、京介もすっかり大人びているが、そういった以前の雰囲気が未だに二人の間に残っている。

「ふーん。あいつはもっと過保護だと思ってたんだけどな」

しかし樫井にも困ったもんだ、とぼやきながら、滋はようやく食べ終えた食器を片づけに立ち上がった。

そしてふと哲平を見て、少し小バカにしたような微笑を浮かべる。

「俺はまた、お前にもようやく彼女ができたのかと思ったよ。噛まれた痕《あと》なんかつけやがってさ」

「うっ……」

「ん？　どうした」

途端に、哲平の体中を、あの屈辱的な絶望が満たしていく。彼女はいたのだ。つい数時間前まで。滋の一言で、哲平の脳裏にまざまざと辛い記憶が蘇《よみがえ》る。

誰もいない放課後の教室。蒸した空気の中に香る彼女の甘いデオドラントの匂《にお》い。近づく二人の影――完璧《かんぺき》だったシチュエーション。

「ああ！　酒持って来い」

再びどうにもならない衝動が暴走して、哲平は子供のように地団駄を踏んだ。滋は驚いてポカンとしたまま棒立ちになっている。

「なんだそりゃ。大丈夫か、お前」

「冷蔵庫にビールが常備してあるのは知ってるんだ、とっとと出しやがれ」

「おい、バカ、仮にも教師の前で飲むんじゃねえよ」

滋は苦笑して手をひらひらと振って「ダメ」の仕草をする。けれど、哲平は引かなかった。今夜ここに来たのは、それ目当てでもあったのだ。やけ酒でもしないとやっていられなかった。

「保護者がいるんだからいいだろ、家だし。少しだけだってば」

「なんなんだ、落ち着けよ。ちゃんと順序を追って説明しろ」

俄に教師モードに入る滋を哲平は恨めしげな目で見つめる。こんなことを本当は懇切丁寧に説明などしたくない。けれど、さすがに何も言わずにビールをゲットすることも難しそうだった。

「――――フラれた」

は？ と顔をしかめて聞き返してくる滋の底意地の悪さに、哲平は思い切って叫ぶ。

「彼女にフラれたの！」

「あ……、そうか」

「キス失敗してフラれた！ ヘタクソって言われて……うわあああああ！」

一度告白してしまえば、もう恥もクソもなかった。滋は途端に同情的な顔つきになる。

「あー、あー、わかったわかった。よしよし、可哀想《かわいそう》だなー」

「ひでえよ……誰だって初めてのときがあるだろ？ なんでそれだけのことで即行フラれなきゃなんねーんだよ～！」

ギャアギャアと喚《わめ》き立てる哲平の頭を、滋は犬でも撫でるようにわしゃわしゃとかき混ぜた。リンも哲平の膝《ひざ》の上に飛び乗って、慰めるようにペロペロと顔を舐《な》めてくれる。

そう、原因はキスだった。哲平にとっては人生で初めてのキス――――緊張し過ぎて上手くいかず、歯が当たってお互い若干血が出た。

『え、何コレ。最悪なんですけど』

美樹は半笑いで口を拭《ぬぐ》うと、

『ごめん、やっぱないわ。マジないわ。悪い、哲平。別れよ』

とても簡潔かつ反論の余地も残さないほどの断定形だった。

そうして、哲平の一夏の思い出はあまりにも儚《はかな》い妄想に終わったのである――。

＊＊＊

「おーい。委員長ー、この問題児なんとかしてくれー」

「何これ……。てっちゃん酔っ払ってんじゃん。飲ませたの滋兄？」

ぼやけた耳に聞こえてくる馴染《なじ》みのある声。委員長、というとクラス委員長のことだろう。とすると思い当たるのは京介だ。と判断する前にすでに声で京介とわかっている。

しかしなぜここに京介がいるんだろうか。この時間はまだ予備校にいるはず、とぐらぐら揺れる視界に時計を映してみると、夜の十一時を過ぎていた。三時間以上は飲んでいたらしい。記憶が所々抜けていて、そんなに長い時間が経過していたとは気づかなかった。

酔っ払いが嫌いなリンは部屋の隅のクッションの上で丸くなって眠っている。ふわふわしたリンを抱き締めて心を慰めたかったが、寝ているところを起こすのは可哀想だったのでやめた。

「言っとくけど缶ビール半分もいってねえぞ」

「マジで？　てっちゃんってこんな弱かったっけ」

「今は精神的ショックで酔いやすくなってんじゃねーの」

滋の台詞《せりふ》に、京介は少し狼狽えた様子で声を低くする。

「何。何かあったの」

「そうだよー！　二人で俺を慰めろ！！」

テーブルに突っ伏していた頭をガバッと持ち上げると、クラッと頭が回って再びテーブルに撃沈した。虚《うつ》ろに薄目を開けると、心配そうに覗き込む京介の顔が目の前にあった。眼鏡が光を反射して眩《まぶ》しい。予備校帰りかと思ったが、制服ではなくTシャツにデニム姿だった。一度家へ帰ってから来たようだ。

京介は真っ赤に火照った哲平の顔を見て、呆れた表情で小さく息を落とした。

「完璧酔ってるじゃん……」

「彼女にフラれたんだと。キス失敗して」

「え……吉村と？」

京介は不思議そうに首を傾げる。

「この前付き合ったばっかりなのに。随分いきなりだね」

「あ、そうなのか。へえ、吉村ねえ。哲平あいつと付き合ってたの」

「そうだよ。皆驚いてた。吉村結構人気あるし。まさかてっちゃんと、って」

ふと、失言気味なことに気づき、若干フォローするように、

「てっちゃんは女子ともよく喋るし皆から好かれてるけど、なんて言うか……友達として、って感じだったから」

とつけ加える。滋は京介のその言葉にはあまり頓着せず、吉村美樹の顔を思い浮かべるように顎を撫でながら唸った。

「吉村かー。キスひとつで別れるなんて、アイツ案外厳しいんだなあ、可愛い顔して」

「てっちゃんの方が可愛いし仕方ないよ」

「ははっ。なんだそりゃ。京介は相変わらず哲平バカだな」

「本当のことじゃない。てっちゃんより可愛い女の子なんて滅多にいないよ」

京介があまりにもさらりと言い切るので、滋は思わず顔を強張《こわば》らせた。

「そういうこと、よく真顔で言えるなー、お前」

「だって事実だもん。吉村、もしかして嫉妬《しっと》しただけなんじゃないの」

「は？　いや、付き合ってたんだろ」

「付き合ってみたはいいけど、よくよく見たら自分より可愛いから嫌になったんだよ」

さもそれが真実であるかのように迷いのない口ぶりだった。「おいおい、そりゃねーだろ」

と言いつつ、滋はまじまじと京介の顔を眺めて冗談である可能性を探ってみたが、どうやら本気らしいので反論を諦《あきら》める。

「……でも、そっか。てっちゃん、吉村とキスしたんだ」

哲平はとろんと目を開けた。二人がわけのわからない話をしているのをずっと聞いてはいたが、内容は右から左へ抜けていく。今の哲平の思考を満たしているのは取り返しのつかない失敗――――つまりキスのことしかない。

「ねえなんなの？　キスってなんなの？　甘酸っぱいの？　レモン味なの？」

傍《そば》にいる京介の腕を摑んでぶんぶん振り回す。京介は駄々をこねる子供をあやすように、その手をやんわりと握る。

「キスなんて大したことないよ、てっちゃん。別に味も何もないし」

「じゃあなんで俺はフラれたんだよっ！　バカ！」

「あーも、どーしようもねえわコイツ」

絡み始めた哲平に辟易《へきえき》しつつ、滋は諦め気味に自分もビールを開ける。すると哲平の相手をしていた京介が顔を上げ、にっこりと笑った。

「滋兄、俺も」

「お前もかよ。揃いも揃って……」

まあ、うちだからいいけどさ、と大した抵抗もない様子で滋は京介にもビールを手渡す。

頻繁にテーブルからずり落ちそうになる哲平を見て、「向こうで飲もうぜ」と滋はリビングの方を指し示した。ぐでんぐでんになった哲平を両側から抱え上げ三人はテレビの前のソファに移動し、そこでチーズや漬け物をツマミにだらだらと飲み続ける。これが時々集まったときの三人のスタイルだった。ただいつもと違うのは、哲平がひどく酔っ払っていることだけだ。

「そういや京介、お前今彼女いんの？」

「うん、いるよ」

京介はあっさりと頷《うなず》いた。滋は特に驚きもしない。京介に初めての彼女ができたのは、確か中学校に入ってすぐだった。体の成長と同様に、京介は急速に哲平を追い抜いて大人になっていた。

「うちの学校の奴か？」

「違う、予備校の先生。四つ年上」

「へえ……やるねえ。お前って年上好きだったっけ」

京介はくすっと小さく笑ってビールを傾ける。

「別に、そういうんじゃないけど。でも一人暮らししてる人の方がいいから」

「お、さすがに若いね」

「そっちの理由じゃないよ。……そういうのもなくはないけど。俺、家帰りたくないし」

ああ、と思い至ったように滋は複雑そうな顔で少し口をつぐむ。

京介の家は少しばかり変わった事情があった。父親は多忙な外科医で普段からあまり家にはいなかったが、もう随分昔から愛人がおり、隠し子もいるらしい。当然夫婦仲は冷え切っていて、ストレスの反動か母親もかなり遊び歩いているようだった。元キャビンアテンダントだった華やかな容姿の母は、大胆にも時折そのときに付き合っている恋人や遊び仲間の友人たちを家に連れて来てパーティーをすることもしばしばあった。

そのために子供の頃から京介は家に帰りたがらず、家庭教師の時間が終わればすぐに哲平の家へ飛んで行き、頻繁に泊まっていた。

「智恵《ちえ》ちゃんはどうしてんの」

「姉さんは普通に大学生してるよ。あ、こないだ引っ越したかな。今までのマンション、先月の地震でちょっとヒビ入ったらしくて、不安になったみたい」

京介には四つ年上の姉が一人いる。父親と同じく医者を目指して私立大学の医学部に通い忙しい毎日を送っている最中だ。

「そっか……お前も大学行ったら一人暮らしすんの」

「もちろん」京介は即答した後、ややため息混じりに「本当は今すぐ家出たいけど、母さんが許してくれないだけだし」と独り言のように呟く。

「お前家事できんのか？　あ、彼女がやってくれるか」

「そのくらい自分でやるよ。大体一人暮らししたらあんまり他人部屋に入れたくない。今でさえ携帯とか勝手に見られてプライバシーないのに」

滋は飲んでいたビールを噴き出しそうになりながら、肩を揺らして笑った。

「そりゃ、お前信用ねえんだよ」

「そういうのが面倒臭いよ。だから誰も入れたくないんだ、部屋には」

「えー、俺京介の部屋行きたい。入れてくれよー」

「お……、覚醒《かくせい》したか」

おもむろに会話に割って入ってきた哲平に思わず二人は笑った。うつらうつらとしていてこのまま完全に寝入るかと思っていたが、一応意識はあったらしい。

京介はにっこりと柔和な微笑みを浮かべ哲平の肩を抱いた。

「てっちゃんだったらいいよ。むしろ一緒に住もうか」

「それいいな！　家賃折半できるし」

「哲平、それじゃますます彼女できなくなるぞ」

酔いで紛《まぎ》らわせていた傷を再び抉《えぐ》られ、ぐっと答えに詰まる。

「う……うるさいな！　もういい、しばらくいいよそういうのは……」

「お、もう落ち着いてきたか」

またぎゃあぎゃあ騒ぎ出すかと思っていたが意外に大人しくしょげる様子を見て、滋の顔に哀れみが浮かぶ。最初盛大に喚いていたときには悲愴感は薄かったが、やはりかなり精神的なショックを受けているらしい。哲平の受けた屈辱と自己嫌悪の感覚は、同じ男としてよく理解できた。

「まあ、誰にでもあることだよ。特にお前らの年頃の女子ってのは結構潔癖っつーか、残酷だからなあ。男の方がずっと繊細なんだ」

「うん……、なんかまた失敗すんの怖い。しばらく無理だよ、普通に」

「てっちゃんはさ、今まで全然そういうのなかったもん。仕方ないよ」

京介は軽く哲平の頭を撫でた。滋も京介もよく自分の頭を撫でるが、なんだか子供扱いされているようでちょっと嫌だな、と哲平は思う。しかし、なんだかんだでそうされると気持ちが落ち着いてしまうのも悲しい。それにしても、自分よりもひ弱だった京介がこんな行動をとるようになったのはいつ頃からだっただろうか。

「京介とか滋兄ちゃんはどうだった」

「どうだった、って……最初のこと？」

頷く哲平に、京介と滋は顔を見合わせる。

「よく覚えてないけど……、やっぱり緊張したと思うよ」

「だんだん慣れていく感じだよな。まあ、でも初めての相手のときはいつもドキドキするよ」

奥歯にものの挟まったような言い方をする二人に、気を使われていると感じて、哲平はますます惨めな気持ちになる。

「でも俺みたいに失敗とかしてないだろ。それが原因でフラれたりとか」

「それは、まあ……」

キスひとつでフラれるということは確かに二人にはなかった。そうとわかると哲平はますますしょげ返る。

「やっぱり俺、普通じゃないのかな……吉村にもマジないとか言われたし」

「そんなことないよ。てっちゃんは緊張してただけだって」

「でも……」

思わず、哲平の目には涙が込み上げた。ようやくできた初めての彼女だった。一夏の体験、なんてはしゃいでいた自分が恥ずかしい。それどころか、キスひとつ満足にできず、スッパリとフラれてしまった。面白いほど滑稽《こっけい》だ。これほどプライドがズタズタにされる経験もそうなかった。元々プライドなんてものはあまり持ち合わせていない哲平だったが、好きだった女の子に面と向かってあれだけハッキリと拒絶されれば、存在自体を否定されたようで、消えてしまいたいくらい、どうしようもなく辛くなってしまう。

ふと、項垂《うなだ》れる哲平の首筋を京介が撫でる。

「ん……、何？」

「これ、噛まれた痕っぽいけど……吉村？」

「あ、それは」

滋と同じことを聞かれて赤面するのを、

「樫井だとよ。哲平のクラスメート」

と滋が代わりに答えた。よく二人ともこんな痕に気づくものだと、哲平は内心感心する。

「樫井？」

京介は訝《いぶか》る声でその名前を反芻《はんすう》する。滋は肩を竦めて皿の上のチーズを摘《つま》む。

「ふざけて哲平の嫌がることしたがるんだと」

「ああ……てっちゃんとよく一緒にいるあいつか」

ようやく思い出したというように、京介は鼻白んで小さく鼻で笑った。普段温厚な京介のその反応に、哲平はちょっとギクリとする。

「てっちゃん、そんなことする奴と一緒にいて嫌じゃないの」

「別に、嫌じゃないけど。時々面倒臭いだけで」

「じゃあ、そんなに一緒にいなきゃいいじゃない」

「いい奴だよ、樫井は。他の奴らも……」

ふと、昼間の友人たちとのやり取りを思い出して、哲平は思わずため息をついた。酒の酔いが一瞬醒《さ》めて、現実に戻って来たような感覚になる。

「あーあ、やだな来週……あいつら、俺がフラれたって言ったら絶対超テンション高くなる」

「ははっ。あの連中喜びそうだよな。相手が吉村だしな」

「もう最悪だよ。俺当分誰とも付き合えない……もうこんなふうになりたくないし」

口を開けば愚痴しか出てこない自分が嫌になるけれど、今は何をどう慰められても浮上できそうになかった。更に酔いが感情の起伏を激しくしていたために自己嫌悪の衝動が止まらない。

（本当に、結構好きになってたのにな……）

罰ゲームで無理矢理やらされた告白だった。けれど、一緒に映画を観たりカフェで他愛のない話をしたり、放課後一緒に帰るだけでも、哲平の恋心は少しずつ育っていっていた。シチュエーションに酔っていたと言われればそれまでかもしれない。それでも、最初の彼女というのは特別だ。これから何年経っても、この記憶は綺麗《きれい》サッパリ忘れることなどできそうにもなかった。

真剣に落ち込んでしまった哲平に、かける慰めの言葉も失ったように束《つか》の間《ま》の沈黙が訪れる。そのとき、ふと、京介が口を開いた。

「てっちゃん、ちょっとこっち向いて」

「え？」

哲平は素直に意気消沈した顔を上げた。すると、驚くほど近くに京介の目があり、ふんわりと石鹸《せっけん》の香りがした。どきっとすると同時に、軽く唇に何かが触れた。

「ほら、なんてことないでしょ？」

「……え？」

「慣れればいいだけなんだよ、てっちゃん」

そう言うと、再び京介の顔が近づき、唇がむにっとくっついて離れていく。

「おい、京介……」

半笑いの滋の声。なんとなく変な空気になっていることに、酔っ払った哲平も遅れて気づく。

「え、何、今の、キス？」

「そうだよ。簡単でしょ？　こんなの子供同士のキスだよ」

「……うん。簡単、だった、けど」

頭の処理能力が追いつかず、哲平は素直に頷いた。どうやら、京介は落ち込んだ哲平にキスを教えようとしてくれたらしい。だけど、なんだか変だ。じわじわと混乱し始める。

「こ、こういうのやめろよ京介……ふざける気分じゃねーんだよ」

「ふざけてなんかいないよ」

京介はいつも通り、女の子のように綺麗な顔で微笑《ほほえ》んでいる。あまりにも冷静なので、自分がおかしいのかと錯覚しそうになるが、頭が混濁していて全然考えがまとまらない。

「てっちゃん。もう恥かきたくないんだよね？　そんなに落ち込んじゃってさ」

京介は穏やかな声で囁《ささや》くように話しかけてくる。その低く抑えた声に、なぜか背筋がゾクゾクとする。

「だったら、俺が教えてあげるよ」

「え……、な、何を」

「だからさ、全部。次付き合う彼女にてっちゃんがバカにされないように」

「京介、酔っ払った哲平で遊ぶなよ」

半笑いの声で滋が諌《いさ》める。すると京介は微笑みを口元に浮かべながらも、冷えた目で年上の幼なじみを一瞥《いちべつ》した。

「遊んでないよ。てっちゃんのために言ってんの。知らないより、知ってる方がいいじゃない」

滋は束の間絶句する。笑みの形に歪んだ唇が硬直した。

「……相変わらず、怖い奴だな」

「何、それ。滋兄、俺のこと怖いって思ってたの」

作られたような笑顔で京介は笑った。けれど、その視線はすでに滋には向いていない。

「てっちゃん、今度は口開けて」

「え？　な、なんで」

「ちゃんとしたキス教えてあげる」

哲平は目を白黒させて困惑した。京介がおかしい。それとも、酔って変な幻覚でも見ているのだろうか。

「や、やだよ。いいよ、そんなの」

「そう……じゃあてっちゃんは何もしなくていいや」

京介はおもむろに哲平に顔を近づけ、わずかに開いた唇の狭間《はざま》にぬるりと舌を潜り込ませた。哲平はびくりと震えて身を引こうとするが、いつの間にかがっちりと肩を抱かれていて逃げられない。ちゅぷ、と濡《ぬ》れた音を立てて口内を弄《まさぐ》られ、混乱した哲平は激しく胸を喘《あえ》がせた。

「ちょ、おい、やだって、京介」

「大丈夫だから。舌、出して。俺のと絡めて」

「……おい、京介……」

強張った顔で滋が嗜《たしな》める。

「ちょっと度が過ぎるぞ。お前まで酔ってんのか」

その声を無視して、京介は哲平に深い口づけを繰り返した。酔いと混乱で頭がクラクラしている上に、舌の根を強く吸われて目の奥が痺《しび》れるように白くなる。京介の舌はまるで生き物のように哲平の口の中を這《は》い回った。歯列や上顎の粘膜をそろりと舐められたとき、ぞぞっと快感のようなものが下腹部に広がっていく。

「う、ん……っ！　だ、だめ、やめろ、京介っ」

「ん……？　どうしたの、てっちゃん……」

本能的な怯《おび》えに哲平が身を捩《よじ》ると、京介はとろんとした目でわずかに離れた。自分たちの唇から透明な唾液《だえき》の糸がつう、と引くのを見て、哲平の頭は沸騰したように熱くなる。

「お、お前が、なんか変なことするから……っ」

「え？」

股間《こかん》にわだかまる籠《こも》った熱気。突っ張るような張りつめた感覚。哲平は思わず膝を抱えて組んだ腕の間に突っ伏した。

「あ。もしかして、てっちゃん勃っちゃった？」

図星を指されて、哲平の顔は茹《ゆ》で蛸《だこ》のように真っ赤になる。

「ば、バカ、ふざけんな！　お前のせいだぞ京介……」

「……あー。哲平、トイレ使うか」

頭を掻きながら、軽い口調で滋が申し出る。うんとも嫌だとも言えず、哲平は固まったままだ。京介にキスをされただけで勃起《ぼっき》してしまうなんて、自分はどこまで情けないのだろう。

「ごめんね、てっちゃん……」

「……バカにしやがって」

「バカにしてないよ。大丈夫、俺が全部教えてあげるって言ったでしょ」

「え？」

京介は突然強引に哲平の膝を割って、服の下で隆起した股間を丸出しにしてしまう。哲平は驚いて暴れるが、京介にも引く様子がなく半ば取っ組み合いになる。

「ちょ、ちょっ……お前、何やってんだよ！」

「てっちゃん、練習しようよ」

「な、何を！」

「だから、キスの先のこと」

さらりと言われて、頭の中が真っ白になる。京介は涼しい顔をしてとんでもないことを口にする。

「てっちゃんがそんなに落ち込んでるのって、キスが上手くできなかったからじゃない。だから、次はそんな恥かかないように、俺が全部教えてあげるってば。さっき言ったでしょ」

「な……なんで、お前が」

「他に練習させてくれる女の子、いるの？」

哲平は固まったまま、小さく首を横に振る。

「でしょ？　だから、俺がしてあげる」

「で、でも、そんなこと……」

「また失敗しちゃってもいいの？」

ごくり、と唾《つば》を飲む音が生々しく響く。濁った頭で、もう今日の放課後のような、あんな経験はしたくない、と強く思う。けれど、このまま京介の言うことに従ってしまってもいいのだろうか。

「これからできる彼女にキスされて、今みたいに簡単に勃起しちゃうなんて、恥ずかしいでしょ？」

「き……きょうすけ」

「慣れなんだよ。滋兄も言ってたじゃん。ねえ？」

急に話の水を向けられて、このやり取りを呆気にとられて傍観していた滋は、思わず、

「お、おう」と吃《ども》りながら頷いた。

「ほらね。別に悪いことじゃないじゃない。こんなの予行練習だよ。友達と一緒にHなDVDとか見たことないの」

すうっと眼鏡の奥の瞳が細められる。

「あの樫井と一緒に、とかさ」

「そ、そういうのは……ねえよ」

「本当に？　ここに、触られたことも？」

「ちょ……」

京介の手が不意打ちのように哲平の股間を撫でる。その少しの刺激だけで、腰が浮いてしまう。

「ねえ、答えてよ、てっちゃん」

「そ、そんなふうに、触んねえよ。ふざけ合ってとかは、よくあるけど……っ」

「ほら、あるんじゃない。それじゃ俺としたっていいでしょ」

どういう理屈かわからないが、普段優しい京介のまるで強請《ねだ》るような眼差《まなざ》しに、哲平はこれ以上拒絶の言葉を吐けなくなる。

「な、何、する気……」

「いろんなこと。てっちゃんは何もしなくていいから」

「……お前さ、ここ俺んちだって忘れてね？」

ぼやきのように呟く滋に、京介は冷えた視線を向ける。

「忘れてないよ。ちゃんと滋兄も参加して」

「ハア？　どういうことだ」

「今日は保健体育の授業ですよ。武田先生」

わざと慇懃《いんぎん》な言い方をしつつ、京介は哲平のパンツのファスナーを下ろし、トランクスのゴムを引き下ろす。

「う、うわ……」

哲平は躊躇《ちゅうちょ》のない京介の作業に、思わず顔を覆った。

「……やっぱり剝けてないんだ、てっちゃん」

「う、うるせえな……っ」

中学校の頃そのことが友人の間で話題になり、自分も剝こうとしたが痛くてやめてしまった。痛いことが極端に苦手な哲平はそれ以来自分では何もできず、そのままになっていた。

「俺が剝いてあげる」

「い、嫌だ」

「どうして?」

「だって……イテェじゃんか」

京介はふっと微笑み、軽く哲平に口づける。

「大丈夫だよ。痛くないようにしてあげる」

「ホ……ホントに……?」

「うん、もちろん」

そう言うなり、京介はおもむろに哲平の股間に屈《かが》み込んだ。そして、哲平の勃ち上がったものを、ぬるりと口内に収めてしまう。

「あっ」

すごい声を上げそうになり、哲平は両手で口を固く押さえた。太股《ふともも》の間に、京介の頭がある。長い付き合いの幼なじみが、自分のそんなところを口に含んでいる。

「んっ……、う、んぅうっ……」

けれど、離れろともやめろとも言うことができない。口を開けば変な声が出てしまいそうで、哲平はただひたすら硬直して震えていた。

股間からぬちゅぬちゅと濡れた音がする。張りつめたものを温かな粘膜に包まれて、哲平はそれだけで射精してしまいそうだった。京介の舌が、おもむろに包皮の中へ入り込む。ピリリとしたわずかな鋭い痛みと共に、酷《ひど》く敏感な部分がつるりと剝き出しにされたような感覚があった。

「っっ……！」

そして、その感覚の鋭敏な部分を吸い上げられた途端、哲平はその衝撃で射精してしまった。

「ん……、いっぱい出た」

京介は未だ哲平を咥《くわ》えながら、上目遣いにちらりと見上げつつ、残滓《ざんし》を残らず吸い取るように、チュッと音を立てて吸い上げる。そんな感覚にも哲平は腰を痙攣《けいれん》させてしまう。はあはあと荒く胸が躍る。初めてのフェラチオだった。呆然とした視界に映った自分のものは、亀頭がつるりと剝き出しにされていた。

「あ……、剝けた、のか……」

「うん。でも萎《な》えるとまた皮の中に戻っちゃうから、洗うときとかちゃんと出して。それで、刺激に慣れさせればだんだん鈍感になるから」

「あ、ああ」

ここで「ありがとう」と言ってもいいものか、哲平は逡巡《しゅんじゅん》した。よくも男相手にこんなことができるな、とか出たやつまさか飲んだのかな、とかいろいろ疑問には思うものの、初めて他人に、しかも口でいかされた快感は大き過ぎて、しばらく魂の抜けたようになってしまう。

ぼんやりとした頭のまま、ふと隣の滋を見ると、なぜかじっと自分を凝視している眼差しに出会った。

「滋兄ちゃん……？」

「あ、いや、すまん」

滋は自分が無遠慮に哲平を観察していたことに今更気づいたように、サッと赤面する。もしかすると、自分が京介にしゃぶられている間も、ずっとこうして見ていたのだろうか。

「どうしたの……もしかして、怒ってる？」

「いや、違う、そうじゃない」

慌てて否定した後、わずかに口ごもり、

「お前も射精とか、できんだな、って」

と、予想外の発言をした。これにはさすがに哲平も面食らう。

「な、何言ってんだよ……そんなの当たり前だろ」

「そうなんだけどよ……ちっちゃい頃から知ってるから、なんだかな……」

「てっちゃんが喘いでんの見てたら、変な気分にでもなっちゃった？」

京介のからかい気味の声音に、滋はギョッとしたように固まり、怒りか羞恥《しゅうち》かで更に赤面する。

「だ、大体なあ、お前がいきなりこんなことしでかすから」

「だから、てっちゃんに教えてやるだけだって。言ったろ、保健体育だよ、先生」

「こんな教え方、あるかよ……」

「それじゃ、もっと上手い方法あるわけ？」

京介は身を乗り出して滋を挑発するような目つきになる。

「さっきから見ててわかるだろ。てっちゃんはこういうこと、ほとんど何も知らないんだよ。それであんな吉村みたいな女にまでバカにされてさ。樫井には玩具にされてんじゃん」

「なんだ、やっぱり嫉妬か。吉村と樫井に」

「あんな奴らにてっちゃんを軽んじられたくないんだよ」

吐き捨てるように言って、京介は手元のビールを呷《あお》った。

「一度知っちゃえばこんなもんか、ってなるんだから。経験だけなら相手が誰だっていいだろ。俺だって」

「じゃあ、俺でもいいのか」

饒舌《じょうぜつ》だった京介の言葉が止まる。

「誰でもいいって言うなら、当然俺でもいいわけだろ。哲平の相手は」

滋と京介は哲平を挟んでしばし睨《にら》み合うように動かなかった。お互いの心中を探り合うような緊張した空気が漂う。

「ああ。そうだね」

やがて京介は静かに頷いた。薄い唇が微《かす》かに弧を描いている。

「そりゃ滋兄の方が歳《とし》食ってんだから、いい先生になれると思うよ」

「へえ。そう来るか」

何か企《たくら》むような表情で滋はニヤリと笑った。

「ま、俺もセンズリなんかは親戚のおっさんに教えてもらったしな。考えてみりゃ普通か」

滋もビールをぐいと呷ると、うつらうつらとしていた哲平の顎を乱暴に指で持ち上げる。

「おい哲平、寝ちまったのか」

「うーん……」

「京介のフェラそんなによかったのか?」

唇に何かを押しつけられた哲平はまた京介がキスをしてきたのかと思い口を薄く開ける。すると潜り込んで来た舌は京介のものよりも妙に乱暴で、そして酒の味が強かった。

「ん……、え？」

ぽっかりと目を開けると、眼前にあったのは赤い目をした滋だ。

「滋兄ちゃん……？」

「なんだよ、寝ぼけた顔しやがって。京介のキスにはおっ勃てたってのによ」

つ、と萎えかけた陰茎をなぞられて、びくりと震える。

「え、何、またすんの」

「若いんだからいくらでも勃つだろーが」

滋はヘラヘラと笑いながら哲平のものを扱《しご》き出す。途端に血流が集まってきて、哲平のものはあっという間に勃ち上がった。

「し、滋兄ちゃん……っ」

「嫌か？　気持ちよくないか？」

「い、いけど……ずっと俺だけされてるの、なんかやだよ……」

「だって、てっちゃんのためにやってんだもん」

「それとも、俺たちにも何かしてくれるのか？」

いつの間にか三人の体は絡まり合うようにぴったりと寄り添っている。酩酊《めいてい》した熱気に包まれて、哲平はうわ言のように呟いた。

「や、やるよ……どうすればいいんだよ」

京介が首筋に、あの樫井の嚙みついた辺りに吸いつく感触がある。

「でも、てっちゃん舐めるのはさすがに無理だろ?」

そのまま耳元で囁かれて、よくわからない涙が滲《にじ》んだ。

「そ、んなことない……」

「ほんとに? 無理しないでいいよ」

「お前にできたこと、俺にだって、できる」

思わず反射的にそう答えていた。京介はやや沈黙した後、小さく笑った。

「それじゃ、俺の舐めて」

そう言うや否や、立ち上がって哲平の目の前でファスナーを下ろした。そこはすでに隆起していて、ボクサーパンツを下ろすと角度のついたものが剝き出しになる。

「ほら、このまま俺の膝の上乗れ。こっちはこっちで擦り合おうぜ」

滋は哲平の腰を抱き、自らも性器を露出させ、向かい合った体勢で二つのものを擦《こす》り合わせた。湿った生温かい皮膚の感触に、頰に血の気が上った。いけないことをしている、という実感が鮮烈に込み上げた。

哲平は言われるままに従い、ただ二人の指示の通りに動いた。そうしなければならない空気だったし、もうどうにでもなれというやけ酒の勢いで妙な興奮があった。

「てっちゃん、歯は立てないでね。口を窄《すぼ》めて、吸って」

「ん……、うん……」

京介のものを見たのは初めてではないが、もちろんこんな勃起したものは見たことがなかった。頬張るのは抵抗があったが一度口をつけてしまえばどうでもよくなった。歯を立てないでと言われても太すぎて顎が外れそうになり、苦しくて上手くできない。

「哲平、お前結構先走りスゲエな。もうとろとろになってきたぞ」

加えて滋に乱暴な刺激を加えられているので、京介のものを舐めることに集中できなかった。ほとんどまともに舐めてもいないのに、よほど溜《た》まっていたのかみるみる内に京介のそれは容量を増していく。

「てっちゃん、無理して奥まで咥えなくていいから。先っちょだけして。根元とか、手で擦って」

「ん、わ、わかった……」

京介はよく自分のものをあれだけたくさんしゃぶれたものだ、と感心すると同時に、サイズの違いを思い知らされたように思えて、哲平はちょっと悔しくなった。

懸命に京介を舐めている最中、滋は二人のものを合わせて擦りながら、哲平のTシャツの下に手を這わせ、胸の突起を弄り始める。

「ん、うっ、や……っ」

「いーんだよ。こういうのは気分だ。なあ？」

驚いたが、口は京介のもので塞《ふさ》がれており、全身が敏感になっている哲平は、そんな刺激にさえ腰が疼《うず》き、結局ただされるがままになっている。

（乳首なんて……今まで、全然気にしたことなかったのに）

おかしなことに、直接擦られている性器の感覚が曖昧《あいまい》になるほど、乳首への刺激は強い快感があった。下腹部の奥の方がじんじんとするような、今まで知らなかった気持ちよさだ。

「出そうなのか？　我慢すんなよ」

「ん、あ……っ、滋兄ちゃん、そこ、あんま、弄んないで」

「そこ、って？　胸か？」

「ははっ、てっちゃん、おっぱい感じるの？　女の子みたいだね」

京介は熱に浮かされたような掠《かす》れた声で笑い、哲平の髪をかき混ぜた。最初は哲平を気遣ってかあまり動かなかったが、徐々に腰を使い始めた京介に喉の奥を突かれ、堪《こら》え切れず哲平の目からは涙がこぼれた。

「あーあ。京介、哲平泣かすなよ」

「ごめん……もう、ちょっとだから」

頬を伝う涙を滋に舐めとられる。頬にかかる熱い息が、はっはっと切羽詰まっている様子

に、滋の限界が近いことがわかった。ふと視線を胸の方に下ろすと、自分のものではないような、ぷっくりと膨らんだ乳首が見えた。それが滋の太い指に好き放題に転がされていて、あまりにもそれが卑猥《ひわい》に見え、哲平の陰茎も一気に弾《はじ》けそうになる。

「ああ、俺も、もう出そうだ」

「滋兄、いきそう？　てっちゃんは？」

「ん、ん」

京介のものを口に含みながら、哲平はこくこくと頷いた。

「じゃあ、三人で一緒にいこうか」

まるでかけっこの合図のように京介が言うので、哲平は一瞬昔のことを思い出してしまった。近所に三人でよく遊んでいた公園があった。滋は二人のお守役のようなものだったが、生来ヤンチャでいつまでも子供のような性格だったために、三人の間にはそれほど意識の差がなかったように思う。皆でその公園でアスレチックを楽しんだ。ロープが張られ、様々な形に丸太が組まれたコースを、三人でせーので競争した。

いつでも、いちばんだったのは哲平だった。滋は体は大きかったがその分重くスピードに欠けた。京介は普段からそんなに外で遊んでいなかったので、アスレチックに慣れていなかった。哲平はいつも最初にゴールに辿り着き、後から来る二人を余裕綽々《しやくしやく》の表情で見ていた。

けれど、そんな図式はたちまち逆転してしまった。滋は一回り歳が上だから先に大人になってしまうのは当たり前だが、京介がいつの間にか自分よりもあらゆる点で優勢になってしまうとは、あの頃は想像すらしていなかった。

そんなことを考えながら、哲平は射精した。腹に滋の精液が飛び散り、顔に京介のものを浴びた。そこから先は、覚えていない。

意識の薄れる寸前に、首筋のあの同じ場所に鈍い痛みを感じたような気がした。けれどそれを確認する暇もなく、哲平は吸い込まれるように眠りに落ちてしまった。

溺《おぼ》れて堕ちて転がって

月曜日の朝はいつも気怠《けだる》い。けれど、今日はいつもの月曜日とは比べ物にならないほどの倦怠感《けんたいかん》だった。哲平は駅から学校までの道のりをだらだらと歩きながら、ぐるぐると同じようなことばかり考え続けている。

(どうやって、顔合わせりゃいいんだ)

相手は言わずもがなの幼なじみ二人である。京介と滋の顔を思い出すだけで、顔が赤くなるやら青くなるやらで、実際会ったら冷静でいられる自信がない。

(——なんか、すごいことしちまった、よな)

酔っていて記憶が飛んでいる。けれど、京介と滋にたくさんキスされて、体を触られたことは断片的に覚えている。

もう、フラれたどころの話ではなかった。ただのやけ酒のつもりだったのに。二人に愚痴って、慰めてもらって、それで酔い潰《つぶ》れてモヤモヤを発散するだけの予定だったのに。

(なんであんなことになったかな……)

きっかけすら覚えていないのだから、話にならない。金曜日の放課後、彼女にフラれ、樫井に噛みつかれ、散々な目に遭《あ》いながらもバイトに行って、帰宅するなり滋の家に直行した。その後、愚痴りながら飲んでいたらあっという間に酔っ払って、気がついたら京介がいて——。

次に明確な記憶があるのは、翌日の土曜日である。哲平が目覚めると、両側に滋と京介がいて、がっちりしがみつかれていてなかなか起き上がるのが大変だった。ぼんやりと覚えている行為の痕跡《こんせき》は消えていて、恐らくあのまま眠りこけてしまった哲平の体を二人が後始末でもしてくれたのだろう。その光景を想像するだけでも気が遠くなってしまいそうだった。自分が酔って寝てしまった後、二人は一体何を話したのだろう。

哲平はいたたまれず、その場に居座っていることが耐えられなくなった。まだ眠っている二人を起こすこともせず、武田家を飛び出してしまったのだ。それから、二人とは連絡をとっていない。

「うー……。マジで最悪だ……」

「何が最悪なの？」

唐突に肩を叩《たた》かれて、もう少しで無様に飛び上がってしまうところだった。目を丸くして振り向くと、そこにはあれほど出会うことを恐れていた京介が、いつも通り涼しげに微笑んでいる。

「おはよう、てっちゃん」

「お、おはよ……」

あまりにも京介が普通なので、哲平は狼狽えるタイミングを失ってしまった。

「なんだか今日具合悪そう。大丈夫？」

「あ……、うん。寝ぼけてるだけ」

「あははっ。なんだよ、もしかして昨日夜遅くまでゲームでもしてたの」

いつも通りの会話。いつも通りの態度。哲平は狐《きつね》につままれたような心地《ここち》になり、ふと、あの金曜日の記憶は夢だったのではないかと思うようになった。

（考えてみたら、そうだよな。あんなの現実にあるわけない）

そうなるとそんな夢を見てしまった自分が恥ずかしくなるが、急に肩の荷が下りたように気楽になった。

「あの……ごめんな。一昨日《おととい》、勝手に帰っちまって」

何事もなかったのだとしたら、酔い潰れた挙げ句に、翌朝なんの片づけもせずに一人で帰宅してしまったことになる。あまりにも不義理に思えて、哲平は思わず京介に謝った。

「え？　どうしてごめんなんて言うの」

「だって、俺何も言わないで滋兄ちゃんち出ちまったから」

京介はキョトンとして哲平を見た後、クスクスと笑い出す。

「別にいいんじゃない。俺も滋兄も気にしてないよ」

「そ、そっか」

京介の声音に嘘《うそ》の響きはない。どうやら二人はそれほど怒っていなかったらしい。哲平はホッと胸を撫で下ろした。

「そんなこと謝るなんて、てっちゃんってホントに可愛いね」

「へ？」

「俺も悪かったよ。最後てっちゃん泣いてたのに、なんか妙に興奮して止められなくてさ」

ぞくり、と足元から寒気が這い上がってくるようだった。一瞬、周囲が無音になった。哲平はおかしくなりそうな呼吸を懸命に宥《なだ》めるだけで精一杯だ。京介は同じ調子で喋り続ける。

「全然上手くなんかないのに、てっちゃんがしてくれてるって思うだけで、なんかすごい盛り上がっちゃったんだよね」

「え、あの、京介……」

「また今度いろいろしてみようよ。なんか俺癖になっちゃいそう」

ただ新しい遊びを提案するときのような、京介の気軽な声を聞きながら、哲平は呆然としていた。どうやら、自分は何かとんでもない思い違いをしていたようだ。

(夢なんかじゃなかった)

やはり、あれは現実のことだったらしい。それなのに、なぜ京介はこんなふうに自然体でいられるのだろう。自分はあれほど二人にどんな顔をして会おうか悩んでいたというのに。

（しかも、また今度しようとか言ってるし。あんなことまたする気なのか、京介は）

無意識の内に、隣の京介の顔を凝視する。何年も見続けてきたはずの幼なじみの顔が、知らない男に見える。弱虫で泣き虫だった京介。体だけ大きくなって、自分たちの関係は何も変わっていないはずだと思っていたのに。

「てっちゃん、嫌なの？」

返事ができずにいる哲平に、京介は不思議そうに小首を傾げた。

「だって、気持ちよかったでしょ？」

「そ、そういうこと、言うな」

「なんだよ、そんな大罪犯したみたいな顔して」

てっちゃんは本当にウブだな、と京介は爽やかに笑う。

「別に悪いことじゃないんだし、いいじゃん。誰にも迷惑かけてないしさ」

「でも……」

「てっちゃんだって自分でするでしょ？　それと変わんないよ」

畳みかけるように言われて、言葉が出ない。

「あんなのお遊びなんだよ」

「お、お遊び？」

「そう。前にやってたことと変わんないじゃん」

そう言われて、哲平の頭は真っ白になる。

（前に、やってた？　そんなことやってたのか、俺たち）

慌てて記憶を探るが、思い出せない。一体京介はなんのことを話しているのだろうか。

「まあ、あのときは俺がいちばんチビだったからお姫様役だったけどね。今はてっちゃんがお姫様」

「お姫様……？」

「小学生のとき魔界ごっこして遊んだじゃん。てっちゃんが勇者で俺がお姫様。滋兄は魔王役やってくれてたよ」

「え……覚えてねえ」

「あれと同じだよ。ＲＰＧのゲームみたいにさ、言ってたじゃん。遊びのルールはひとつだけ。三人でプレイすること」

思わず、あっと声を上げそうになった。そのことを言っていたのかと、ようやく思い出す。

けれど哲平が何か言おうとする前に、京介は時計を見て慌てた顔つきになった。

「あ、ごめん、てっちゃん。俺ちょっと急がなきゃ。委員会で用があるんだ」

「え、ああ」

じゃあね、と哲平の肩を軽く叩いて、京介は小走りに校門をくぐって行った。哲平はまるで取り残されてしまったようにぽかんとしながら、一人とぼとぼと歩く。あの夜を境に、別の世界に紛れ込んでしまったような気持ちだった。

昔三人で遊んでいた魔界ごっこ。哲平は自分が勇者役ができるのが嬉しくて、他に勇者が増えないようにそのルールを作った。

――遊びのルールはひとつだけ。三人でプレイすること。

(あれと同じお遊びって言われると、そうなのかもしれないけど……俺が考え過ぎなのか?)

つい数日前、キスが下手だと言ってフラれたばかりの哲平にとって、自分が性的に未熟なのは十分承知していたし、今最も恥ずかしいと思っていることでもあった。同い年の友達で、まだ彼女ができたことがない奴らはほとんどいない。仲よくしている友達が揃いも揃って発展家なだけなのかもしれないが、自分が幼過ぎるということに自覚はあった。

そもそも、哲平は性的にかなり淡白な方だ。友人は付き合っている相手がいなければ自慰は日課のように毎日していると言う連中ばかりだが、哲平はほとんどしなくても平気だった。一応思春期の盛りではあるので少なからず催すことはあるが、さほど強烈な欲望はなかった。

(だけど、金曜日のあれは……)

思わず鮮明にその記憶を反芻しそうになって、ハッとして慌てて頭を振った。極力考えないようにしてきたのに、今思い出したら二人のいる校舎の中にすら入れなくなってしまう。

(ホントに、なんであんなことしちまったんだろ)

下駄箱でノロノロと靴を脱ぎながら、哲平は何度目か知れないため息をついた。

＊＊＊

ビクビクしながら教室に入ると、数人の女子の視線が向けられた。じっとりと蒸した空気が喉の奥で濃度を増したようにぐっと吐き気が込み上げる。自分がどういった目で見られているのか、確認する余裕はない。あまり意識はしないように伏し目がちに自分の席へ向かう。

「はよーっす……」

それでも極力いつも通りに振る舞おうと誰にともなく挨拶《あいさつ》するが、自分の声のひどく覇気のない響きに泣きたくなった。あの強烈な幼なじみたちとの夜のせいですでに吉村への未練や複雑な感情は薄れていたものの、今度は周囲の目が怖くなった。先週まで自分が生活していた教室とはまるで違う場所のように感じる。

「おう、こっち来いよ哲平」

教室の隅に屯《たむろ》していた樫井が顎をしゃくる。いつもは面倒に感じるその強引さが今は救いだ。

「おっす。どしたの？」

ふらりと近寄って行くと、例によって唐突に腕を引っ張られて、友人たちの輪に囲まれた。皆一様に笑いを堪えるような顔をしている。

「お前、フラれたんだって？」

「一夏の体験、どうするよ？」

「うっ……」

いきなり核心を突く発言の数々に、哲平はぐっと詰まった。やはり、皆もう知っているらしい。わかっていたとは言え、かなり堪えた。それを見て樫井はニヤリと笑い、

「キス、失敗したんだってな」

と、そのものズバリを口にする。こうくるとは予想がついていたが、実際目の前で言われると心の準備をしていたにも拘らず涙目になりそうだ。

「それ、吉村が言ってたの？」

「おう。女子どもで盛り上がってたぜ。会話に入ってなくても聞こえるっつーの」

「も、盛り上がる？」

「お前、今あいつらの中でネタキャラ状態だぜ。女はこえーな」

「そっか……そんなことになってんだ」

樫井の台詞に、改めて傷口に塩を塗り込まれる。こちらにとっては悲劇でも、向うにとってはただの面白おかしいネタだったのだろうか。

（滋兄ちゃんの言う通りだよな。男の方がずっと繊細だよ）

こんな個人的な話題で盛り上がれる女子の気持ちがわからない。もしかすると、付き合ったこと自体、ただのお遊びだったのかもしれない。哲平はさらし者になったような気分になった。実際、吉村の周りの友人の間ではそんな扱いなのだろう。けれど、その点はすでに諦めがついている。弄られ役には慣れているのだ。

（お遊び……京介も、あの夜のことお遊びだって言ってた）

どうして皆恋愛だの性的なことだのを「お遊び」でやってのけてしまえるのだろうか。それとも、やはり自分が子供過ぎるのだろうか。

「なんだよ、思ってたより反応薄いじゃねえか」

樫井は哲平を見下ろしてつまらなそうに鼻を鳴らした。いつものパターンから言って、ギャアギャア喚くのを期待していたのかもしれない。けれど、それはとうに金曜日の夜にやり終えてしまった。今はそんなふうに騒ぐエネルギーすら残っていない。

「まあ、もう発散したし。それに今は、それどころじゃないっつーか……」

「はあ？　また別に何かあったのか」

何気ない哲平のぼやきに、友人たちは耳聡《みみざと》く色めき立つ。

「おい、教えろよ哲平」

「別になんでもないよ」

「おいおい、嘘つくなよ！　まさかソッコーで次の彼女でもできたんじゃねえだろうな」

哲平は思わずギョッとして、即座に首を横に振った。

「まさか！　お前ら、俺にそんな切り替えの早さがあると思うか？」

「だってなんかおかしいじゃん。あんだけ初体験だのなんだの息巻いてたお前がさ」

「そうそう。わずか数週間でフラれたっつーのに、なんでそんな冷静なんだよ」

「それは……」

そんなことを言われても、フラれた事件よりもっと衝撃的な事件が起こってしまったのだから、畢竟《ひっきょう》前者は曖昧にならざるを得ない。それに、吉村の件はもう終わったことだが、京介と滋の件はまさに始まってしまったことなのだ。少なくとも京介があの「お遊び」を再びする気でいることを聞いて、哲平はどうすればいいのかわからなくなっていた。けれどそんなこんなを懇切丁寧にこのクラスメートたちに説明するわけにもいかない。というか、絶対に他人には打ち明けられないことなのだ。

「も、もういいだろ。俺がフラれて落ち込んでんの見るの、そんなに楽しいかよ！」

哲平は無理矢理友人たちの輪を抜けて、不機嫌を装って自分の席に腰を下ろした。こうでもしないと、いつまでもまとわりつかれてうざったいことこの上ない。ただ自分は静かに考え事をしたいだけだった。それはもちろん吉村のことではなく、あの二人とのことだ。

そのとき、前方から近づいてくる件《くだん》の彼女の姿が視界に入り、哲平はどきりとした。

「おはよ、哲平」

「あ……、お、おはよ」

吉村美樹は、いつものはにかむような微笑を浮かべて哲平の前に立った。それとなく、教室中の視線が自分たちに集まっているのがわかり、頬が熱くなる。

「あのさ、ごめんね」

「え?」

「言い過ぎちゃった。ひどいこと言っちゃったよね」

藪《やぶ》から棒に謝罪されて、哲平は困惑した。さっきネタキャラにされているとかなんとか聞いていたので、まさか吉村が謝ってくるとは思わなかったのだ。しかも、こんなふうに正面切って。

「い、いや、別に……俺のせいだし」

「哲平は悪くないよ」

吉村は即座に哲平の気弱な発言を否定する。

「なんか虫のいい話かもしれないけど、これからも友達でいてくれる?」

「え?」思わず間の抜けた声で返してしまい、「あ、ああ。もちろん」とつけ加えたものの、あまりの自分のヘタレっぷりに哲平は消え入りたい気持ちだった。

「よかった!」と満面の笑顔を浮かべ、これにて解決とばかりにさっさと自分の席に戻って行く吉村。哲平はこの状況には不似合いなほどの彼女の颯爽《さつそう》とした後ろ姿に、完全敗北の気持ちを拭えない。結局、弄《もてあそ》ばれただけだったんだという実感が込み上げるけれど、自分にはそれがお似合いなのかもしれないとも思う。

しかし実際、彼女の方から綺麗に片づけようとしてくれて助かったような気がした。もうこれで、この件に関しては煩わされずに済むだろう。そう、問題はそれがきっかけで発生してしまったもう一方の事態なのだから。

「おい、哲平」

性懲りもなく樫井がやって来る。どうせさっきの吉村とのやり取りを悪趣味な言葉でからかうつもりなのだろうと、哲平は面倒臭そうな表情を隠さずに樫井を見上げた。

「なんだよ。なんか用か」

「いや、用っつーかなんつーか。ただの勘なんだけどよ」

樫井は腰を屈め、まるで内緒話でもするように哲平の耳元に口を寄せた。

「お前、違う一夏の体験しちゃったんじゃねえの」

一瞬、呼吸が乱れる。樫井が明確に何を指してそう言っているのかわからないので余計に不気味だ。

「な、なんのこと……」

「ここ」と、樫井は指を哲平の首筋にひたと当てる。「俺のつけた痕の上から、誰かの痕ついてる」

反射的に、手で首筋を隠した。目を丸くして樫井を凝視すると、フンと鼻で嗤《わら》い、面白くなさそうに去って行く。哲平は呆然としていた。すでに哲平の件に興味を失っている周りは何事もなかったように月曜日の朝の気怠い雰囲気の中に埋没している。ここでは、哲平だけが異質だった。

（……気づかれた）

動揺が収まらない。まさか誰と何をしたかまではわからないだろう。けれど、樫井は唯一哲平の変化に勘づいたのだ。

（そう言えば、あのとき、何か首に痛いことされたような）

哲平が意識を失う寸前のことだ。すでに半分眠っていたので、どちらがこんなことをしたのかわからない。けれど、滋も京介もこの首筋に噛みついたのが樫井だと知っている。気づかれる可能性を考えなかったのだろうか。いや、それ以前に、あれから何度も鏡を見ていたはずなのにこのことに気づかなかった自分も自分だ。そもそもあまり注意深く顔や容姿を気にする方ではないので、確認などしていなかった。

やがて担任教師がやって来て、ＨＲが始まった。そういえば滋には今日はまだ会っていない。京介のようにいつもと変わりなく教師としての日常生活を送っているのだろうか。

（昼休みにでも会いに行ってみようかな）

京介と話すのは、なんだか丸め込まれてしまいそうで怖い。今となっては何を考えているかわからないところのある京介と違って、滋の性格はかなり自分に近いと哲平は感じていた。別に会って話してどうなるわけでもないが、ちゃんと話をしなければこの胸のもやもやした霧は晴れないと感じていた。

窓の外では抜けるような青い空にもくもくとした綿あめのような入道雲があった。今日は夕立が来るかもしれない。そんなことを思って、ふと今日初めて日常の思考に戻ったような気がした。

＊＊＊

四時限目の化学の移動教室が終わり、教室に戻る途中の廊下で滋を発見した。昼食を食べる前に英語科準備室にでも行こうと思っていたのでいいタイミングだったとばかりに一緒にいた友人たちを先に行かせ、教科書を抱えながら足早に近づき前のめりになって声をかける。

「滋兄ちゃん、あのさ」

「お前ね……」うんざりした顔つきで振り返り、「学校ではその呼び方やめろって」と滋は声を潜めた。

言われてからあっと口を押さえる。毎度こんな調子で、もうここに入って二年経つというのに未だに慣れない。実はまだ滋に授業を教わったことはないので、そもそもあまり教師という認識がないのかもしれない。滋は苦笑しつつ、持っていた筆箱でぽこっと軽く哲平の頭を叩く。

「まあいいや。どうした。元気か」

「うん、もちろん。……えーと、先生は?」

「俺もいつも通りだけど……」

ふいに滋はため息をつき、いつもの白檀の扇子を開いてバタバタとやり始めた。

「はあ。京介に言われたときはなんとも思わなかったのに、やっぱお前に先生って呼ばれるとなんとも言えない気持ちになるな」

「はあ? な、なんだよ、自分で呼べって言ったんじゃん」

「いや、なんつーか……やっちまった感つーの?」

一瞬滋が何を言っているのか把握できなかったが、それが金曜日の夜のことを指していると悟ると、哲平の顔はボッと音がしそうに急激に赤くなった。

「あー、そんな顔すんな。ちょっと歩こうぜ」

「う、うん……」

昼休みに入り一気に騒がしくなった廊下を、滋の後についてとぼとぼと歩く。通り過ぎる生徒たちにいろいろちょっかいを出されながら、それを適当に受け流して颯爽と歩く滋はいかにも教師然としていて、なぜか「滋兄ちゃんって本当に教師だったんだな」と哲平は再認識した。中には調理実習で作った菓子を差し出してくる女子もいて、そのモテぶりに若干嫉妬する。恐らく教師でいちばん人気があるのではないだろうか。そんなとき、ふと哲平はある想像をした。

「あのさ、滋兄ちゃんてさ……」

昼休みは人気《ひとけ》のない旧校舎の別館の階段下へ辿り着くと、哲平は元の呼び方に戻して問いかける。

「生徒から告白されたこととか、ある？」

不意打ちだったのか、滋は途端にブッと噴き出した。

「あはは、なんだよ、いきなり」

「だってさっきも女子から何か貰《もら》ってたし」

「ああ。俺いい意味でも悪い意味でも生徒に近いっぽいからな」

確かに滋に対する生徒たちの態度は、教師というよりも友達に近いものがあった。哲平は授業を受けたことがないのでわからないが、そんな関係性できちんと勉強は教えられているのだろうか、と少し心配になる。

「まあ、ああいうことはよくあるよ。弁当代浮くし助かるわ」

「それじゃやっぱり好きって言われたこともあるだろ」

「うーん……まあな」

滋はバタバタと扇子を振りながら肩を竦める。

「でも当然だけどそういうのは断ってるぜ。教員の中には卒業後の生徒と付き合って結婚までいった奴もいるみたいだけど」

「マジで！　あるんだ、そういうこと」

そんなドラマのような話が実際にあることに哲平は興奮した。確かにクラスメートの中にも教師に恋心を抱いている生徒はいる。特に期間限定で入ってくる教育実習生などにはかなり興味津々になる生徒たちは多い。考えてみれば、滋の立ち位置というのは若干彼らに近いものがあった。新米教師というわけでもないのに、言動や見た目が若々しいせいか滋はいつまでも新鮮な印象がある。

「学校にいる内は教師ってかっこよく見えるもんなんじゃないか？　高校生くらいの女子だと年上の男が好きなのが大半だろうしな」

「でももったいなくない？　断っちゃうなんてさ。若くて可愛い子から告られたらよろめいちゃったりしないわけ」

「ないない」滋は本当に嫌そうな顔で首を振る。「俺は年下過ぎるのは面倒でだめだ」

「ふーん……そういうもんなのか」

そう言えば滋の恋人を今まで哲平は見たことがなかった。学生時代は同学年の女の子と付き合っていたようだけれど、教員になってからはどんな女性とつき合っていたのだろう。興味はあったが、それを質問する前に滋が咳《せき》払いをする。

「まあ、そんな話は置いといてだな」

俄に心臓が大きく鳴った。今更思い出したが、滋はこの話をするためにわざわざ人気のない場所に移動したのだ。

「お前、今朝《けさ》京介とは会ったのか」

「うん……通学路で会ったよ」

「どうだった、京介」

「どうって」

今朝の京介との会話を思い出すと、それだけで妙に不安な心地になる。普段から感情の読めない雰囲気のある京介だが、本心がまったくわからなかったのは初めてのことだ。

「スゲー普通だった。普通過ぎて、なんか怖かった」

「怖かった、か……」

滋は煽いでいた扇子を閉じる。ここは立地の関係か真夏でもどこかひんやりと冷たい空気が漂っている。二階には大きな図書室があり昼食の時間が終わると自習をしにやって来る生徒も多いが、この一階は茶道部や囲碁部などの部室がある他、特別室という大きな講堂があるだけで、特別に会議か何かが開かれる場合以外、わざわざ足を運ぶ生徒はいなかった。

「あいつ、お前に相当執着してんだよな」

「え……」

ふいに独り言のようにぼそりと呟かれた滋の言葉を一瞬聞き逃しそうになって、哲平は思わず聞き返す。

「何それ。どういう意味」

「そこ」と滋は哲平の首筋を指し、「樫井の噛み痕の上から噛みついたの、あいつだぜ」

ハッとして息を呑む。眠りに落ちる寸前にここに歯を立てたのは京介だったのか。

「昔は女の子みたいに可憐《かれん》だったのになあ。今じゃ所有欲丸出しの雄そのものって感じだな」

目を丸くしている哲平を哀れむように見つめながら、滋はまるで他人事《ひとごと》のようにそう言った。

(執着？　所有欲？　京介が俺に？)

滋の言っていることが頭の中で実際の京介と繋《つな》がらない。そりゃ小学校のときはほとんど毎日一緒にいたし、中学校のときもよく二人で登下校をしたものだったが、京介の家は中学に上がってから徹底的に京介を勉強漬けの生活に置いていたため、当時の哲平はバスケ部の部活仲間たちの方が仲がよく、少しずつ京介とは疎遠になっていた。同じ高校に入ってからも京介は毎日予備校通いだし、哲平は哲平でバイトに忙しくなって、時折通学路や近所で偶然出会う他は思い出したように幼なじみ三人で集まって軽く飲んだりするだけで、そんなに大した付き合いもなかったのだ。

けれどもちろん、幼なじみという存在は特別なものだった。いつ偶然に出会っても、しばらく会わなかったことなど感じられない絆《きずな》が京介にも滋にも感じられていたし、やはり普通の友達とは種類が違っていた。それでも、京介が自分にそんな大それた感情を抱いていると は俄には信じ難かった。

「京介……、またああいうことしようって言ってた」

ぽつりと呟くと、滋は少し目を見開く。

「へえ。そうか」

「お遊びだし、誰にも迷惑かけてない、って。昔やってた魔界ごっこと一緒だって」

「あはは！　あれか、懐かしいなあ。三人だけで遊ぶのがルールってやつだろ？」

滋もそのルールを口にした。自分もそれで思い出したのだから、よほどそれを強調していたのだろう。自分勝手なルールだが、幼い子供の独占欲がよく表れている。

「んー、まあ遊びっちゃ遊びなんだけどさ。あいつ彼女いんのになあ」

うーんと唸りながら滋は訝しげに顎を撫でている。

「もしかしてまた俺んち使う気じゃねえだろうな、京介の奴」

「わかんないけど……、し、滋兄ちゃんは、またしたいの」

「お前らがしたいって言うなら別にいいぜ」

あっさりと答えた滋に哲平は目を丸くして絶句した。まさか、滋がそんなふうに言うとは思わなかった。

滋はそんな哲平の顔を見て肩を揺らして笑った。

「あっはは。なんだ、その顔」

「だ、だって」

「お前はやりたくないいんだろ?」

直球で訊《たず》ねられて、哲平は顔を赤くする。

「だって、あんな……あんなこと」

キスをした。舐められた。擦り合った。

そんなことが、幼なじみとは言え男同士、友人同士の間で普通に繰り返される「お遊び」の範疇《はんちゅう》だとは到底思えない。

「お前が嫌だってはっきり言えば京介だって無理強いしないと思うぜ」

「だけど……京介、俺のこと嫌いになったりしないかな」

「なんないだろ」と、ちょっと考えて「まあ、ちょっと機嫌悪くなるかもしんねえけど」と滋は肩を竦める。

哲平はなんでもはっきりと思ったことを言う性格ではあったが、ずっと一緒にいる京介を拒んだことは一度もなく、今回のことがこの穏やかな友人関係にひびを入れてしまうのではないかと恐れていた。京介は昔から唯々諾々《いいだくだく》と哲平の言うことに従って嫌と言ったことはなかったが、考えてみれば哲平も京介を否定したことはなかったのだ。

その点、滋は何を言っても大丈夫という意識があるためか楽だった。だからこうして自ら相談しに来ることもできる。京介を未だに下に見ているわけではないが、哲平から京介に悩みを打ち明けたり意見を聞いたりということは、今までほぼ例がなかった。

「お前が誰かにとられるの、嫌なんだよ。京介は」

「え?」

「昔っから、あいつにとってお前は特別だったよ」

優しい顔で滋は微笑む。本当に、滋は自分と京介にとって兄のような存在だと哲平は思った。

哲平にとっても京介は特別だった。そして滋は実際の兄のような存在だった。女の子のように可愛かった京介はいつも哲平にくっついていて、意地悪な子供たちに「哲平の金魚のフン」とからかわれていた。哲平はいつもそんな京介をいじめから守ってやっていたので、一時期女の子に対するのと変わらないような気持ちを抱いていたような気もする。

京介も言っていた『魔界ごっこ』で京介をお姫様役にしていたように、実際哲平にとって京介は守ってやらなければいけないか弱い女の子だったのだ。

「俺も……そんなに、嫌、じゃないんだ。そりゃ、男の触るとか舐め……るとか、いくら京介とか滋兄ちゃん相手だって相当抵抗あるけどさ」

そもそも、あんなことになってしまったのは、愚痴った挙げ句酒に酔ってグダグダになった自分が京介のキスを拒否できず、そのまま行為に流されてしまったからなのだ。ただ、そのことで吉村に全否定された悲し過ぎる出来事からは一気に浮上できた。今朝一応彼女からの謝罪で片づいた形ではあるし、何もなかったら当分は落ち込んでいたであろう事態からは逃れられたのだ。

「京介も滋兄ちゃんも今日すげー普通で驚いたけど……やっぱ俺が何も知らな過ぎるのがだめなのかなって思い始めて」

「だめなわけじゃねえけどさ。まあ、そのことでお前が女子相手に恥かいたわけだから、何か酒の勢いもあってああいうことになっちまったけど」

滋はちょっと考えてから、

「まあ、要は抜くだけの遊びなわけだし、そんな悩む必要もねえよ。もしお前が嫌になったら俺がちゃんと京介に話してやるから」

と哲平の頭をワシャワシャ撫でた。

「考え込むなよ、な」

「うん……」

心の中では何一つ整理がついていないものの、哲平は顔を上げて笑ってみせた。

「ありがと、滋兄ちゃん」

「おう。じゃ、また今度な」

哲平もこのまま話し込めば昼食を食べる時間を逃してしまいそうだったので、その場で滋と別れ、足早に教室へ向かった。

（それにしても……滋兄ちゃんまでまたやってもいいなんて言うと思わなかった……）

最大の誤算はそこだった。てっきり、あんなことは忘れようとでも言ってくれるかと思っていたのに。

そんなに嫌じゃないと言ったものの、本心ではもう二度としたくない、してはいけないことのような気がしている。あんなふうに二人に弄られて射精してしまった自分は、記憶を消し去ってしまいたいほど恥ずかしい。京介も滋も案外平気な顔をしているのは、どちらかと言えば奉仕する側だったからかもしれない。哲平は他人に与えられる快感には、圧倒的に不慣れだった。それを二人がかりでいろいろされてしまっては、もうワケがわからなくなってしまう。

（本当は、もうしたくないのに……）

気がつけば、あの夜の快感を反芻している自分がいる。ほとんど記憶も曖昧なくせに、気持ちよかったことだけは覚えていて、またあんなふうになりたいと思っている自分が、確かにどこかに存在していた。

＊＊＊

朝方に哲平が予感した通り、放課後に近づいていくにつれて、空模様が怪しくなってきた。遠くの方でゴロゴロと不穏な音がし始めた頃には、教室の窓から見える校庭の土の色がぽつぽつと黒く染まり出す。

「うわ、最悪。俺傘持って来てねえよ」

授業中にも拘らず窓の外を眺めて舌打ちする樫井。その内に雨脚は強まり、やがてどうどうと音を立てて降り注ぐまでになった。夕立の多い時期だったので哲平は常に折り畳み傘をバッグに入れていたが、これは授業が終わっても雨が少し落ち着くまで待った方がいいかもしれない。この勢いは傘を差していても濡れるレベルだ。

バイトのシフトのことを気にしつつも、やはり哲平の頭の中はあのことでいっぱいになっている。こんなふうに葛藤《かっとう》している自分がおかしいのだろうか。何が正常で何が異常なのか、もうよくわからなくなっている。

授業が終わり、途端にあちこちの教室が騒がしくなる。多くは夕立に対するため息だ。

「哲平、お前傘あんの」

いつの間にか近づいていた樫井が座っている哲平のつむじをわざわざ狙《ねら》って突いてくる。

「持ってるけど、一本だけなんだから貸さねーぞ」

と、その手を払いながら哲平は聞かれる前に予防線を張る。

「ていうかお前はバイクで傘差せねえだろ。夕立なんだからちょっと待てばいいじゃん」

「待つのかったるい。お前だってどうせバイト行っちまうんだろ」

哲平は黒板の上にかかっている時計を見て、「まあ、そろそろ行かないとな」と呟く。急いで出るほどでもないが、このまま樫井に絡まれ続けるのも嫌だ。

「少しくらいその辺の雑誌でも読んで待ってろよ。雨の中のバイクは危ねえし……お前は予備校もバイトもないいんだから」

「なに、心配してくれんの」

樫井は妙に嬉しそうな顔をして、哲平の前の席の椅子を引き出して勝手に座り、机の上に身を乗り出す。

「じゃあ相合い傘で歩いて帰ろうぜ。バイクは明日でいいし。駅まで行ったら自分で傘買うからよ」

「絶対やだ」

「なんでだよ」

「また噛みつかれたら堪んねーもん」

するとと樫井はたちまち仏頂面になり舌打ちをする。

「いいじゃん、一噛みくらい」

「一噛みも二噛みもごめんだっつーの！」

「じゃあ誰なんだよ、俺と同じところ噛んだ女は！」

「なっ……」

突然の話の飛躍に哲平が絶句したそのとき。

「てっちゃん」

涼やかな声が哲平を呼ぶ。哲平をてっちゃんと呼ぶのはただ一人だけだ。黒板側のドアを見ると、京介がバッグを肩にかけて立っていた。内心ドキリとするが、努めて顔には出さずいつものように「おう」と軽く手を上げる。クラスメート数人が京介に目を向け、女子たちは何やら目を輝かせてざわめいている。

「今日もバイトだよね。そろそろ出るんでしょ？　雨、少し収まってきたし」

「え……マジで」

言われて窓の外を見てみると、確かにザアザアと轟音《ごうおん》を立てて降り注いでいた雨は勢いをなくし、しとしととほとんど音もなく降る小糠雨《こぬかあめ》のようになっている。夏の夕立は通り過ぎるのが早い。樫井と言い合いをしていて雨がやみ始めたことに気づかなかった。

「それでさ、てっちゃん傘持ってたら入れてってくれない？　俺違うバッグに入れたまんま忘れちゃってた」

「あ、ああ。いいぜ」

ここで断るのもおかしいので、哲平は若干吃ったもののすぐに頷く。すると、耳元で樫井ががなり立てた。

「おいっ、哲平！　なんでそっちはよくてこっちはダメなんだよ！」

「うるせえ、お前なんか濡れて帰れっ」

「冷てえし。麻衣子ちゃんに言いつけてやる」

わけのわからない騒ぎ方をしている樫井を放置して、哲平はさっさと荷物をまとめて立ち上がる。京介の元へ向かおうとすると、なぜか女子たちの興味津々な視線を感じたが冷静を装った。

「行こうぜ、京介」

「うん。いきなりごめんね、てっちゃん」

じゃあな、と教室に残っているクラスメートたちに適当に挨拶をして、哲平は廊下へ出た。途端に女子たちの黄色い声が聞こえてくる。和泉君超カッコイイとかなんとか言っているが、少し姿を見せただけでこの騒がれようでは京介もさぞかし疲れるだろうと思った。けれどその横顔は平然としていた。

「ねえ、てっちゃん」

「うん?」

「樫井って麻衣子ちゃんのことなんで知ってるの」

下駄箱に向かいながら唐突に問いかけられて、さっきの会話を聞かれていたことに思い至る。

「もしかしててっちゃんち遊びに行ったことあるんじゃないの」

「ああ、多分な」

「多分?」

京介はふいに立ち止まり、怪訝《けげん》な顔をした。なまじ整った顔の京介が眉《まゆ》をひそめると、妙に冷たい感じがして怖い。

「多分、ってどういうことなの」

「あいつ、麻衣子と付き合ってたことあんだよ」

何気なく哲平がそう教えると、京介は呆気にとられたような顔をした。もう随分前の話なので抵抗なく言ってしまったが、そんなに驚くようなことだっただろうか。

「なんだ……そういうことか。麻衣子ちゃんがあいつと……」

「あ、もしかして京介、麻衣子のこと」

「ち、違う違う。ただ意外だったんだよ。麻衣子ちゃん大人しいし、あんな見た目の奴と付き合ってたなんて」

「樫井が痴漢から助けたんだよ。だから麻衣子にとっては正義の味方だったわけ」

一通りの顚末《てんまつ》を話してやると、京介はそれでも納得しかねるような様子だった。

昇降口を出て折り畳み傘を開く。するとごく自然な仕草で京介が傘の柄を持った。あまりにも普通の流れだったので、哲平は内心面白くないと思いつつ京介に任せる。京介の方が十センチ以上高いので、この展開は仕方のないことだったが、哲平には京介が彼女に傘を差してやっているから慣れているように思われてならなかった。

(昔は俺が差してやる方だったのにな)

京介と一緒にいると、どうしても以前と比較してしまう。守ってやらなきゃいけない弱虫だった幼なじみは、あっという間に成長して今ではすっかり大人の男になってしまった。

(その上、今じゃあんなこと平気でするようになっちまって)

思い出しかけて密かに赤面する。酔っていたせいでろくに覚えてはいない。けれど、あの熱い吐息と、汗ばんだ皮膚の感触は妙に覚えている。

「あ、猫」

京介の無邪気な声にハッと我に返った。指し示す方を見てみると、前方の歩道にずぶ濡れになった三毛猫がいる。

「こっち来い、こっち……」

ちっちっと舌を鳴らしたが、手を差し出しておいでおいでをすると、臆病《おくびょう》な猫はサッと飛び上がり、あっという間に走り去ってしまった。ああ、行っちまった、と哲平はため息をつく。動物が濡れているのは可哀想で見ていられない。小さい頃もよく仔猫《こねこ》を拾ってはわずかな期待を胸に連れ帰り、敢《あ》えなく母親に首を横に振られるということを繰り返していた。

「ねえ、てっちゃん。覚えてる？　さっきみたいな、雨の日の猫のこと」

「雨の日の猫？　えっと……いつ頃だっけ」

「小学校の四、五年かな。二人で見つけたんだよ。公園でさ」

言われて、ああ、と思い出す。確かあのとき季節は晩秋の肌寒い頃だった。冷たい秋雨に濡れて鳴いている仔猫の声を哲平が聞きつけて、そのとき一緒に遊んでいた京介と二人で茂みの陰に段ボールに入れられて捨てられている仔猫を発見したのだ。

「その日うちには誰もいなくて、てっちゃんちは動物はだめだってわかってたから、滋兄の家に連れて行ってさ。温めたりミルク飲ませようとしたりしたんだけど、猫は大分弱ってたみたいで、結局死んじゃって……」

「そんなこともあったよな」

当時滋はすでに大学生だった。その日は母親から連絡を受けたのか実家の方に帰って来て、死んだ仔猫を抱えてわあわあ泣いている京介を慰めてくれた。哲平は滋が帰って来るまで泣いてばかりの京介をずっと宥めていたが、「頑張ったな」と滋に頭を撫でられると、途端に蛇口を捻ったように涙が溢れ出て止まらなかったのを覚えている。京介は当時を思い出すように遠い目をして呟いた。

「俺、てっちゃんが泣くの見たの初めてだったんだ、あのとき」

「ははっ。だっていつもお前が先に泣いちゃってさ。役割分担っつーか……先に泣かれるとこっちは泣けねーんだよ」

「俺も泣き虫だったかもしれないけど、てっちゃんはすごく強いって思ってたから……なんか意外だった」

「いくら強くたって泣くだろ、子供のときは」

まるで昨日あったことのように話す京介がおかしくて、哲平はなんだかくすぐったくなって笑ってしまう。本当に昔の京介は泣き虫だった。てっちゃん、てっちゃんと言って後をついて来て、ときには少しうざったいと思うこともあったけれど、それよりも全面的に頼られているという感覚が哲平を普段以上に強くしていた。

「でも、この前もてっちゃん泣いてたね」

「……ッ」

突然、現実に引き戻される。

「ごめんね、てっちゃん」

いつの間にか京介の顔が近くなっている。駅前の細い路地だった。車が雨水を跳ねるので、傘を差して歩くときはいつもこのあまり人気のない道を通るのだが、それが徒《あだ》になった。

「き、京介」

傘で覆い隠すようにしながら、京介は身を屈めて哲平の唇を奪った。驚いて逃げようとするが、腰を強く抱かれていて身動きが取れない。

「んっ……」

「……てっちゃん、可愛い」

角度をつけて深く口づけられて、にゅるりと入り込んだ舌が哲平の怯える舌を搦《から》め捕《と》る。しとしとと降る雨の音に混じって、くちゅくちゅという濡れた音が互いの口の間で鳴っている。腰が震え、四肢の先までじんと熱い痺れが走った。下腹部に燻《くすぶ》り始めたもどかしい感覚に、哲平は頭が熱くなる。

「や、やめろ、京介……」

「どうして。嫌？」

さっきまで、和やかに昔の話をしていたというのに、今間近から凝視してくる京介の目は男の哲平から見ても恐ろしく色っぽかった。

（なんでそんな顔できるんだよ、お前は……っ）

こんなの、あの可愛かった京介じゃない。どこかですり替わった別の男だ。そんな有り得ない妄想が次から次へと湧いてくる。

「こ、こんな場所で、することじゃない、だろ……」

「こんな場所じゃなかったらいいの？」

息を呑んだ。それはつまり、またやろうというあの遊びの話だろうか。

「と、とにかく、お前にそんなふうにされると、変になるから……っ」

「……そっか。じゃあ、今は我慢する」

哲平の必死の訴えに、京介は案外あっさりと身を引いた。ほっとしたものの、火照った肌はなかなか元に戻らず、辛くて泣きたくなる。

（キスってこんなもんだったのか。こんな、ちょっと口合わせて舐め合うだけで、こんなに熱くなっちまうもんなのか）

京介や滋にされるキスは、哲平の想像したものと違っていた。こんなふうに相手を蕩《とろ》けさせるようなキスは、自分には一生かかってもできそうにない。

「てっちゃん、バイト終わるの何時？」

「え……えーと、八時くらいかな」

「じゃあ、迎えに行くから」

「へ？」

話についていけず、間の抜けた声を出してしまう。

「だ、だってお前、予備校は？」

「俺も大体そのくらいだから。てっちゃん、終わるのが八時って言ってもそれから片づけとかあるでしょ。メール入れるから、もし遅れたら待っててよ」

有無を言わさぬ勢いに、気がつけば頷いていた。

＊＊＊

予告した通り、京介は哲平がバイトを終えるとすぐにやって来た。雨はすでにやんでいて京介は裏口で待っていたが、哲平が制服に着替え終えて慌てて出て行くと、案の定バイト仲間の女子たちに捕まっていた。

「あ、てっちゃん」

「わり、遅くなった」

するとと間髪入れずに哲平は質問攻めに遭う。

「花岡君の友達?」

「あー。そうだよ」

「一緒の高校なの?　同じクラス?」

「いや、クラスは違うけど……」

「てっちゃん、時間。急がないと」

「へ?　あ、そ、そうだったよな。ごめん、またな!」

咄嗟の京介の機転に助けられ、哲平たちは不満そうな女子の輪から抜け出した。京介と一緒にいると、高確率でこういう目に遭う。もちろんそれは京介が中学の成長期を終え急速に大人びてからの話だ。

「お前ホントにモテるよな」

思わず、ため息混じりにこぼしてしまう。

「別にそんなことないよ」

「ここまであからさまなのに謙遜《けんそん》すんな。嫌味だぞ」

「俺ああいう子たちに興味ないし」

「今の彼女は?」

「そりゃ……」京介はわずかに口ごもり、「優しいし尊敬できる人だよ。条件がよかったから付き合ってる」と、妙なことを口走る。

「条件って……見合いじゃねーんだからさ」

「条件が悪かったら付き合わないよ」

「恋愛ってそういうもんなのか?」

「てっちゃんだって恋愛ろくに知らないでしょ」

痛い一言に哲平はグッと言葉に詰まる。

「だけど普通、好きだとかさあ」

「彼女のことは好きだよ。てっちゃんのことも好きだよ」

「な、なんで俺がそこに参入させられてんだよ」

相変わらず様子のおかしい京介にドギマギしつつ、哲平はひとまず家へ向かった。どこに行くのかさえも質問せずに、京介はそのままついて来る。

「お前、帰んなくていいの」

「どうせ誰もいないし」

「え……おばさんは？」

「さあ。知らない」

京介の言葉に驚いたが、いろいろと複雑な事情があるのも知っているので幼なじみとは言え、おいそれとは聞けない。と言うよりも、京介と長い付き合いのある哲平は、その口調でその先を話してくれそうかどうか無意識に察していた。京介の父親に愛人がいるのは昔からのことだが、母親にも恋人ができたということは少し前に聞いたような気がする。多分、今家に誰もいないというのはその関係だろう。

「ただいまー」

「おかえり。あら、京ちゃん」

出迎えたエプロン姿の母親は京介の姿を見て嬉しそうな声を上げた。

「あらまあ、元気だった？　お母様たちは？」

「お陰様で皆健康です。おばさんも相変わらず元気そうで安心しました」

「あらそんなことないのよお、この前病院に行ったら糖尿病予備軍なんて言われちゃって」

「そうなんですか……」

「母さん、俺たち上行くから」

延々と続きそうな母親の健康相談の気配を察知して、哲平は早々に階段を上った。京介の父親が医者だからといってその息子《むすこ》まで医学の知識があるわけではないのに、そういうイメージがあるせいか母親は京介の顔を見る度に体調の話をしたがった。

「おばさん、相変わらずだね」

「そうそう。親父も相変わらずだよ……」

部屋に上がると、哲平は机の上にバッグを放り投げてクーラーをつけた。昼間の熱を閉じ込めた部屋は蒸し暑く、少し立っているだけで汗が滲み出てくる。

「麻衣子ちゃんは？」

「部屋か下でテレビでも見てんじゃねーの」

「ふうん……今は彼氏とかいないのかな」

京介がやたらに麻衣子のことを気にしているような気がして、哲平はなぜかもやもやとした気分になる。

「さあ、知らね。あいつのことは全然わかんねえんだ。樫井と付き合ってたのだって、別れてからようやく聞いたくらいだし」

「てっちゃんってさ、あんまり人に興味ないとは思ってたけど、妹にまで無関心なんだね」

「なんだよ、それ」

心外な評価に少し苛立ちを覚えつつ、いつものようにさっさとシャツを脱ごうとした手が、ふと止まる。

「あのさ……着替えていいか？」

「もちろん。どうぞ」

「本当は着替える前にシャワー浴びたいんだけど」

「シャワーは滋兄んちで浴びればいいじゃん」

その言葉の持つ意味に心臓が大きく跳ねる。思わず赤くなった顔を俯けてじっと黙り込むと、歩み寄る京介の足が目に入った。

「てっちゃん」

ハッとして顔を上げると、またあの傘で覆い隠してキスをされたような体勢になっている。あの感覚が蘇りゾクリとしたものが背筋に走った。そして同時に、ここが自分の家であることを思い出し、慌てて我に返る。

「こ、ここじゃ嫌だ……親も麻衣子もいるんだぞ……」

「じゃあ、早く行こうよ。俺夕方からずっと我慢してたんだから」

どこへ、と聞き返すほど哲平も鈍くはなかった。

「早く着替えてね。俺たち、明日も学校あるんだからさ」

その台詞に、さっきレストランの裏口で女の子たちを牽制《けんせい》したあの言葉が、決して機転を利かせた方便ではなかったのだと、今更気がついた。

＊＊＊

滋兄ちゃんちに行ってくると母親に言うと、近所なのでさして怪しまれることもなく、にこやかに送り出される。若干罪悪感を持ちつつ武田家に二人して転がり込むと、滋は驚きもせずにいつも通り出迎えた。リンもいつも通り転がるように走って来て、哲平と京介に飛びつく。

「京介からメール貰ってから慌てて帰って来たんだぜ」

そう言う滋からはわずかにアルコールのニオイが漂う。どこかで飲んで来たらしい。まだ家着に着替えず学校でのスーツ姿のままだし、京介も制服のままだったので、哲平はなぜか自分だけ普段着で遊びに来た中学生のような錯覚に陥った。

「ねえ滋兄、麻衣子ちゃんが樫井と付き合ってたって、知ってた？」

開口一番に、京介はさもビッグニュースのようにそんなことを口にする。

「なにぃ？」滋の声が裏返る。「マジかよ？　あの可憐な麻衣子とあの樫井がかあ？」

「別にそんな驚くことないじゃん」

あまりにも滋が大げさに驚くので、哲平は思わずムッとして反抗したい気持ちになる。

「あいつ見た目は不良だけど、正義感強いし、いい奴だよ。麻衣子と付き合ったのだって痴漢から助けてくれたからだし……そりゃ素行は悪いし気分屋だし煙草臭えし時々うざったいけどさ」

「お前……、俺はそこまで言ってないぞ」

「だって滋兄ちゃん、前に樫井のこと不良だって言ってたじゃん」

「そりゃそうだろ。校内で煙草吸ってるし髪も脱色してるしピアス開けてるし、どっからどう見ても不良だろ」

「てっちゃん、どうしてそんなに樫井のこと庇うの？」

京介は目を眇《すが》めて、戸惑う哲平を凝視した。

「もしかして樫井のこと好きなの？」

「……はあ!?」

突拍子もない京介の言葉に、哲平は飛び上がって驚いた。

「そんなことあるわけねえだろ！　なんで俺があんなムキムキの煙草臭え奴好きになんないといけねえんだよ！」と喚き立ててから、「ってか、それ以前にあいつは男だろーが！」と、最も重要なことに言及した。

「男だから、何?」

けれど京介の顔色は変わらない。

「男だから好きになれないの? そもそも、てっちゃんなんてまだ恋愛知らないでしょ」

「し、知らねえけど……でも、男同士じゃ、いろいろ不都合っつーか……」

「もしかしてセックスのこと?」

綺麗な顔をして、そのものズバリの単語を口にする京介。

「でも、男同士だってセックスできるって、てっちゃんだってわかっちゃったじゃない」

「せ、せっく……」

矢継ぎ早に衝撃的な発言をされて、哲平は追いつめられていく。

「なんだよそれ……俺、そんなこと」

「こないだやった遊びだって、セックスの一種だよ」

ごくり、と唾を飲んだ。思わず滋を見るが、ただ肩を竦めるだけで何も言わない。ことの成り行きを見守っているだけだ。

「つまり、そんなもんなんだよ、セックスなんて。てっちゃんはさっき恋愛がどーのこーのって言ってたけど、それと肉体関係はまた別の話だから」

「そ、それじゃ……セックスも、遊びの内だって言うのかよ……」

「そうだよ」

あっさりと京介は肯定した。

「てっちゃん、気持ちいいの好きでしょ。きっかけは吉村にフラれたことだったけどさ。もうそんなの関係ないじゃん。ただ楽しめばいいんだよ」

「京介さあ」

ここで初めて滋が口を挟んだ。

「俺はいいけどさ。お前はそれでいいわけ」

「どういうこと？」

京介の片眉がわずかに上がる。ここへ来てから初めて表情らしい表情が見えた。二人はしばし無言で見つめ合う。哲平はそこに何か割って入れないような緊迫した空気を感じた。

「俺がしたいの。別に滋兄は見てるだけでいいんだよ」

「ふうん」滋は少し考え込んだ後、ニヤリと笑う。「それじゃ、とりあえず見学させてもらうよ」

「し、滋兄ちゃん、どうして」

「何が？」

堪え切れずに声を上げると、滋は首を傾げた。

「なんか、やっぱ変じゃん、こんなの。滋兄ちゃんは一応教師だろ。何も言わないのかよ」

「まあ、確かに『一応』教師だけどさ」

苦笑しながら滋はソファにどっかりと座る。その膝の上にリンがぴょんと飛び乗った。

「お前は俺が真面目な教師に見える？　樫井の喫煙現場見てもスルーしちゃうような先生だよ？」

「そ、それは……」

「それに、まあ男同士だし孕《はら》む危険もねえし。高校生に性欲我慢しろっつー方が無理じゃん。だから別にいいかなと」

滋の理論に呆気にとられる。間違ったことは言っていない。だが、教師としてはかなり問題だ。

「そ、そういうの、インコー罪、とか言うんじゃねえの」

「何、お前ら俺のこと訴える気？」

哲平は驚いて強く首を横に振った。

「だろ？　だったら、何も問題ねえじゃん」

「てっちゃん……今更滋兄に真面目な教師像求めてどうすんの」

呆れたような声で京介がため息をついた。

「ごちゃごちゃ考えるのやめて、さっさとしようよ」

と、言うや否や京介は突然哲平を抱き締めた。反射的に腕を突っぱねるが、シャツ越しに触れる京介の生々しい熱い体温に、哲平の頬は一瞬で赤くなる。

「や、やだって……お、俺、シャワー浴びたいし」

「どうせまた汗かくんだから後でいいと思うよ」

「き、きょうす」

まだ何か言おうとするのを、黙れとばかりに唇で塞がれる。常にない強気な京介の態度に、哲平は困惑した。京介が自分に何か無理強いしたことは今までなかった。あの夜から、京介は豹変《ひょうへん》してしまった。

「はは、強引だなあ、京介は。女にもそういうふうに迫ってんのか?」

「……うるさいよ、外野」

少し乱暴に口の中をかき回される。舌をこれでもかとばかりに吸われて絡められて、温かな唾液が哲平の細い顎を伝っていく。キスの間に京介は哲平の体を撫で回す。背中を這い降りた手が双つの尻朶《しりたぶ》を揉《も》み、まるで痴漢でもされているような倒錯した気分が哲平を襲った。

「あ……イテェよ、京介……っ」

「ああ、ごめん。つい興奮しちゃってさ」

京介は涼しい顔で平然とそう言いながら、すでに昂《たかぶ》った下腹部を押しつけてくる。京介のキスで哲平も催していて、キスをしただけでこんなふうになってしまうのは、やはり自分たちが若過ぎるせいなのだろうか。

「てっちゃん、また舐めてあげるね。この前はてっちゃんも舐めてくれたから」

　返事もできずに京介の潤んだ目を見つめる。フェラチオをされたのは初めてだったけれど、とんでもなく気持ちがよかった。またアレをしてもらえると思うだけでますます熱がそこに集まってしまう。

（だめだ……これじゃ、また……）

　あれほど後悔したというのに、再び同じことを繰り返してしまうのだろうか。けれど、すでにここに来た時点で自分の答えは見えているのだ。

　流されていく。転がり落ちていく。一度覚えさせられた初めての快感のために、哲平は自分の意志の弱さを自覚した。ソファに座らされて、トランクスとカーゴパンツを一緒くたにして脱がされる。半ば勃ち上がったものが揺れると、京介は小さく笑った。

「あれ、もうちゃんと勃ってんじゃん。そんなに期待してたの？」

　その面白がるような口調に頭がカッとなる。けれど下半身裸の状態では何を言っても滑稽に思えて、哲平は顔を赤くしたまま黙り込んだ。こんなからかうような台詞も、今までの京介なら決して言わなかった。自分がこういうことに対して無知だから京介をつけ上がらせているんだろうと思うと、やり場のない苛立ちに腹の奥が熱くなる。

「でもこういう素直なところ、可愛いよ。てっちゃんらしい」

　京介は笑みを含んだ声音で囁いて、ぺろりと先端を舐めた。それだけのことで、息が乱れてしまう。直視できずに、顔を背け目を閉じた。

「剝けたばっかりだし、ここすごく敏感だよね……今日もすぐ出ちゃうかなあ」

そう言いながら、京介は全長を口に含んだ。喉の奥に先端が押しつけられて、きゅうっと絞られる感覚に腰が浮く。

「あ、はぁ……っ」

思わず、小さく吐息が漏れる。大きく胸が喘いでしまう。京介はしきりに頭を動かして哲平のものをしゃぶり続ける。温かな粘膜に包まれるその感覚が、もしかすると女性の中に近いのかもしれないと想像すると、ますます興奮は大きくなった。

「まったく……ガキ共が盛りやがって」

隣でブツブツ何か言いながら缶ビールを開ける滋の声もほとんど耳に入らない。京介はまるで哲平のものを呑み込んでしまおうとするように、夢中になって頬張っている。盛んにまだ敏感な先端を揉まれて、京介の予想通り、哲平は早くも限界に達していた。

「き、京介……、も、だめ……ッ」

「いいよ、出して」

そう言うや否や、強く先端を吸引されて、哲平は声も出せずに射精した。それを口の中に受け入れた京介は、再び躊躇いもなく嚥下《えんか》する。

「……滋兄、ビール」

粘ついたものが喉に貼《は》りついたのか、滋の飲んでいたビールを奪い取り、一気に流し込む。それにしても、吐き出せばいいものを、よくもあんなものを飲めるものだと哲平は不思議に思った。自分の精液の味など知らないが、決して美味いものじゃないだろう。

射精の余韻にぼうっと浸っていると、再び京介の指が動き出す。会陰をなぞり、その奥の窄まりを撫でる。ドキッとして哲平は脚を閉じようとする。けれど気づけば京介が体ごと割り込んでいて、股を開いたまま尻の奥まで丸見えにさせられた無様な格好になっていた。

「え……、き、京介、なんでそこ」

「ここも気持ちいいんだよ。てっちゃん」

「よ、よせよ。変なことすんな」

「いいから、俺に任せて。何もしなくていいから。俺はただてっちゃんを気持ちよくさせたいだけなんだからね」

京介は哲平の抗議を無視して、傍のバッグから何かの容器を取り出し、軟膏《なんこう》のようなものを哲平の肛門に丁寧に塗り込めていく。

「んっ……、な、なんだ、これ」

「ただの潤滑剤だよ」

「え？　潤滑って……」

そのとき、何かの明らかな変化に気がついた。軟膏を塗られた肛門が熱い。熱いというか疼く。じわじわと何か落ち着かないような気持ちにされ、ヒクヒクとそこを蠢《うごめ》かせてしまう。そして、ちゅぷ、と音を立てて指が中へ埋没する。あまりの事態にどきりと胸を弾ませるが、京介はなんの躊躇もなく中にもそれを塗り込めていく。

「う、うわ」

そんな場所に指を入れられるなどもちろん初めてのことだ。小さい頃はカンチョー遊びも流行《はや》ったが、こんなふうに濡れた感触をさせながら中を探るように弄られたことなどない。

「中、案外柔らかいね。すぐに解《ほぐ》れそう」

「や、めろってば、京介」

「大丈夫だよ。大人しくして」

「し、滋兄ちゃん」

思わず隣で晩酌をしている滋に助けを求める。元からほろ酔いではあったようだが、今はいい感じに出来上がっていて、リンも酒のニオイを嫌ってどこかへ避難してしまったようだ。赤くなった目尻でさも他人事のように「ん、どうした、また出たか」などと悠長に聞き返してくる。

「助けてよ、京介が俺のケツに変なことする」

「ケツ？　ああ、前立腺《ぜんりつせん》マッサージか。あれイイらしいよなあ」

「な、何それ」

「風俗とかでもあるよ。尻ン中に気持ちいいとこあるんだってさ」

俺はやったことないけど、と適当に呟いてビールを呷っている。京介を止めようとする様子が微塵《みじん》もない滋の反応を見て、哲平の焦りは色濃くなっていく。

「俺、それ嫌だ。やめろってば」

なんとか京介から逃れようと脚をバタつかせた瞬間、京介の指が強く臍側《へそがわ》の何かを擦り上げた。

「ッ……」

「あ、ここかな」

その瞬間、じわっとおかしな感覚が尻の奥から込み上げて、思わず哲平は硬直した。京介はそんな哲平の様子を見て、我が意を得たりとばかりにそこを集中して刺激する。クプクプと軟膏のかき回されるやたらいやらしい音がして、哲平は脚を大きく広げられているこの状況も相まってまるで女扱いされているような妙な興奮が込み上げてきた。

「う、や、あ、はあっ」

なんだか中が熱い。全身の皮膚からしっとりと汗が噴いてきていても立ってもいられないような気持ちになる。次第に京介の指の動きは大胆になり、そこを弄る音もクチャクチャと激しくなってくる。

（なんであんな場所気持ちいいんだ）

哲平は未知の快感に不安になった。じわじわとその心地よさは強さを増していく。

「も、もうやだあ！　指、う、動かすなあっ」

「でも気持ちいいんでしょ？　勃起してるよ」

「あ、ひぃ、あ、あはあ」

出したくなんかないのに、声が抑えられない。京介の言う通り気づけば陰茎は硬度を持っていて、ダラダラと先走りが先端から垂れている。

「あう、あ、ひ、あ」

「すごいね、てっちゃん……もうトロトロだよ」

京介の声が上擦っている。これからどうなってしまうのかわからなくて怖い。肛門の感覚が麻痺《まひ》していて、中の粘膜が異常なほど疼いている。とにかく体中が熱くて、哲平は泣きたくなった。

「もういいかな……俺も我慢できない」

ぼそりと呟いて、京介が制服のズボンの前を開ける気配がする。そのとき初めて、隣で見ているだけだった滋が動揺した。

「え、何、お前入れる気……？」

「大丈夫だよ。もう指三本余裕で入ってるもん」

京介の言葉に哲平自身息を呑む。圧迫感が強くなっているとは思ったが、指を増やされているとは知らなかった。

「……まさかお前、哲平に何か使ったのか」

滋が信じられないというような顔で京介を凝視する。

「悪いものじゃないよ。最初は痛いだろうと思って、塗ってあげただけ」

「お前、そんなもんどこで買った」

「貰ったんだよ。彼女がアナル好きでさ。これ使うと最初でもパックリいくみたいだから」

平然と答える京介に滋は絶句していた。ずっと弄り続けていた指を抜くと、ふやけて大きく口を開けたそこがヒクリと蠢いた。

「てっちゃん、膝ついて、後ろ向いて」

「へ……なんで」

「一緒に気持ちよくなりたいの。言う通りにして」

有無を言わせない口調に、蕩け切っていた哲平はのろのろとソファから降り、カーペットに膝をついて肘《ひじ》をソファの上に乗せ、何をするのかと肩越しに京介を見た。

「てっちゃん、ちょっと力んで。お尻」

わけもわからないまま言われた通りにすると、肛門が開く感覚になり、そこへぐっと押し込まれる何かの存在を感じた。また指を入れられるのかと思ったが、ずぷ、と押し込まれたものはなんなのかわからず、衝撃は遅れてやって来た。

「あっ……く、は……、な、なんだよ、これ」

肛門が信じられないくらい拡《ひろ》げられている。感覚は麻痺しているが酷く大きなものを咥え込まされているのがわかり、心臓が激しく脈打った。

「え、わからないの」京介は息を詰めながらどこか切羽詰まった様子で笑っている。「はは。俺のだよ。てっちゃんの中に入れちゃった」

「え……」

「ほら、全部入れるよ」

ずるう、と奥の方まで押し込まれる感覚。ぐっと何かが口から出て来そうな圧迫感に、哲平は声も出せずソファにしがみついた。腰を摑んでいる京介の手が汗ばんでいる。犬のような格好で男のものを尻に突っ込まれている、という自分の姿に初めて思い至り、唇が震えた。背中の上ではあはあと荒い息をついているのは、本当に自分の幼なじみなのだろうか。これは、セックスだ。本当のセックスなんだ。

「や、やだ……、抜けよおっ！」

「嫌だよ」

ぐちゅ、と音を立てて引き抜かれ、再び押し込まれる。あの気持ちのいい場所が容赦なく捲《めく》り上げられて、哲平は全身を痙攣させた。

「ひ、あああっ‼」

「ねえ、ガチガチに勃起しててんじゃん。何が嫌なの？　てっちゃん」

前に手を回し反り返ったそれを揉みながら腰を打ちつける京介。信じられないことに、哲平は尻に男のものを受け入れて快感を覚えていた。

「う、嘘だ、こんな……っ」

「気持ちいいんでしょ。何も悪いことないじゃない」

「うあ、あ、いやだ、や、あ、あああっ」

揺すぶられて、どろどろになった中を擦られて、頭の中までぐちゃぐちゃになっていく。

「し、滋兄ちゃ、おねがっ……」

この狂ってしまいそうな状況から抜け出したくて滋の膝を掴む。滋は大きく胸を上下させながら哲平を見つめている。

「……お前、ケツに突っ込まれて気持ちいいの？」

「ち、ちが……っ」

「違わないよ。てっちゃんさっきから精液ダラダラ垂らしっ放しだもん」

ほら、と前を弄っていた手の平を広げてみせる。先走りと精液が混じり合ったような夥《おびただ》しい白濁の体液が指の合間から垂れている。滋はそれを眺めながら呆れたような半笑いのような顔で口を歪めている。

「まあ、薬のせいだろうけど……お前ヤバイなあ。エロ過ぎるよ」

「滋兄ちゃ……」

助けてくれるどころか、まるで哲平を貶めるような台詞をこぼす滋に目を見開いた。けれどぬるぬると前を擦られて、尻の中のいい所をかき回されて、わずかな動揺も曖昧になっていく。

「あ、ああ、あ、も、やだあ」

「もっと気持ちよくなっていいんだよ。ほら、ここ好きでしょう」

「んううっ‼」

ぐりぐりと亀頭であの臍の裏側のしこりを抉られて、哲平は目を白くして涎《よだれ》をこぼした。ぶぷっと陰茎から濃い精液が吐き出されるのがわかる。この世のものとは思えない快感に哲平はよがり狂った。

(なんで、こんな気持ちいいんだよ。俺、おかしくなっちゃったのか)

そう言えばさっき滋は薬がどうのこうのと言っていなかったか。京介は一体自分の体に何をしたのだろうか。

「ほら、てっちゃん。滋兄もてっちゃん見て勃ってるよ。舐めてあげなよ」

「え……」

信じられない思いでそこを凝視する。滋の股間の膨らみは明らかで、哲平は呆然とする。

「哲平……いいか？」

滋は自らファスナーを下ろし、飛び出たものを哲平の口に押しつける。哲平は涙の膜でよく見えないそれを恐る恐る口に含んだ。酔っ払っていたとき舐めた京介のものと形が違う。当たり前のことだけれどこんなふうにそれを知ってしまった状況に、衝撃を通り越して笑いが込み上げてきた。

「てっちゃん、てっちゃんの中すごくいいよ……気持ちいい、止まんない」

京介の陶然とした声に煽られるように、哲平は泥沼のような快感の中に埋もれていく。尻の中が堪らないほど気持ちいい。女の子のように揺すぶられているのが被虐的な快感を刺激する。

哲平は恍惚《こうこつ》としながら貪《むさぼ》るように滋のものを頬張った。先端の窪《くぼ》みに舌を入れると頭上で息を震わせる滋の気配がする。夢中で男根をしゃぶりながら絶え間なく疼く直腸の粘膜を擦り上げられて頭がおかしくなりそうだ。

「哲平、舐めんの結構上手いじゃん……さすが男同士ツボがわかってるってとこか」

キスはだめだったのになあ、と軽くトラウマを突くようなことを言うが、今の哲平にはなんの感情も湧かない。本能が理性を超え、ただ快楽を追い求める動物になっている。京介のものに追い上げられながら、滋のものを一心不乱に喉の奥まで咥え込む。

「あ、ああ、てっちゃん、いく、俺もういくよっ」

京介は掠れた声を上げ、動きを速くした。ずこずこと激しく出し入れをされ、哲平は滋を咥えながら鼻息を荒くする。

「俺も、もう堪んねえ……いいか、哲平」

滋も達しそうな気配を見せ、哲平は真っ白な頭でこくこくと頷いた。嵐のような抽送を繰り返し、京介はウッと呻《うめ》いて、ずるりと尻の中から陰茎を引き抜いた。と同時に、尻に何か温かなものがぼたぼたと降り注ぐ。すると間髪入れずに、哲平の口の中のものが爆《は》ぜた。思わず口を離すと、それは蕩け切った哲平の顔に雨のように降りかかった。

「ああ……お前は可愛いな、哲平……」

「てっちゃん……、最高だったよ」

全身で息をしている哲平の肌を、まだ欲情を燻らせた二人の男の手が弄った。

「ね、てっちゃんもよかったでしょ。また魔界ごっこみたいに遊ぼうよ」

「ルールは三人でプレイすること、か。まあ、悪くないいんじゃねえの。哲平が今回はお姫様だな」

二人は勝手に昔のルールを持ち出して遊ぶ気になっている。これは本当に遊びなんだろうか？　自分がお姫様だとしたら、勇者と魔王に弄ばれる役？　そんなゲーム、バッドエンドしか存在しない。

ぼんやりと見開かれた硝子《ガラス》のような哲平の目には、最早《もはや》決定的になってしまった自分たちの関係が、転がり堕ちていくような未来が、見えるような気がした。

三人目のおとこ

そうして、この「お遊び」に夢中になる日々が始まった。週末は必ずと言っていいほど、そして平日でも気紛れに哲平は武田家に引きずり込まれた。

(遊びなんだからいい、誰にも迷惑はかけていない。三人だけの遊び……)

京介のその魔法の言葉は、次第に哲平自身がこの遊びに対する言い訳のように、常に胸の内で唱えるものになっていた。京介はほぼ毎回あの軟膏を使い、哲平はその度恐ろしく乱れた。二人のものを交互に尻や口で咥え込みその間ずっと自分も精液を垂れ流し、行為の後はしばらく立てないほどに疲労困憊《こんぱい》するというのに、その後一日も経たない内に再び飢餓感が訪れる。

(ああ、やりてえな……)

退屈な授業の時間、気づけばそんなことを考えてしまっている。油断するとあの快感を反芻して催してしまうので、その度哲平は慌てて違うことに気を逸らす。

哲平は初めて友人たちがいつも彼女とすることばかり話して盛り上がっているのがわかる

気がした。知ってしまえば、いつでもしたくなる。なんだかんだで自分にも性欲はあったのだと気づかされた。

けれど、罪悪感が消えたわけではない。たくさんしたい、もっとしたい、と思う本能的な欲望と拮抗するように、こんなことにこれ以上のめり込んじゃいけない、と警鐘を鳴らす自分も確かに存在する。

それが最も顕著になるのは、例えば家族と囲む食卓で出る世間話に、京介や滋の名前が出てくるときだったりする。

「そういえば哲平。最近京介君とはよく会ってるの?」

そう母親に聞かれたとき、哲平は食べていたハンバーグを噴き出しそうになった。すんでのところで堪え、軽く咳払いをしつつ気分を落ち着かせてから何食わぬ顔で口を開く。

「うん、まあ普通に会ってるよ。近所だし、学校も一緒だし」

「変わったこととかない? 落ち込んでるとか」

「なんでそんなこと聞くんだよ」

母の意図が摑めずに、哲平は訝しげに聞き返す。母は苦笑して、

「まあ、ただのご近所の噂《うわさ》話だから大して気にすることじゃないんだけど」

と言いながら、湯が沸いたことを告げるやかんのけたたましい音を聞いて席を立つ。すると、隣に座っている麻衣子が、大きな目をしきりに瞬きさせて母の言葉の後を継ぐ。

なのだ。


「京介君んち、離婚するかもしれないんだって」

「え……今更?」

「お前、そいつは失礼な言い方だろ」

父が苦い顔で諫める。けれど、浮気だの隠し子だのがわかっていたのは、もう随分前の話

「だ、だってさ。親父だってそう思わない。なんでこの時期にさ……」

「さあな。いろいろ事情があるんだろ。他人の家のことなんかどうでもいいさ」

「あなた、冷たいわね」

急須と湯呑みを持って戻って来た母が、素っ気ない父に非難の目を向ける。

「うちの哲平もそうだけど、京介君だって来年は大事な年なのよ。もしこの話が本当なら、何もこんな時期に離婚することないじゃないの」

「ていうか、そんな話一体どこから漏れたんだよ」

ああ、と母は呟いて、少し気恥ずかしそうな笑みを浮かべる。

「まあ、ご近所の噂、と言うよりは、私と滋君のお母さんと京介君のお母さんの間の話、かしらね。滋君のお母さん、京介君のお母さんと仲がいいから、相談したみたいなの」

「じゃあ、噂じゃなくて確定じゃん」

「私も直接京介君のお母さんから聞いたわけじゃないし。滋君のお母さんも、ハッキリとし

た相談じゃなかったって言うのよ。ただ、最近よく京介君の家でご両親の喧嘩があるらしいって聞いてたから、離婚の相談だったのかなって言ってたのよね」

「どうだっていいだろう、他人の家の事情だ。はしたないぞ」

「お友達の家の心配をすることがそんなに悪いことかしら？　あなたも自分のことだけ考えるんじゃなくて周りをもっとよく見た方がいいわよ」

「……な、何が言いたいんだ」

「あら、言わせたいの？」

次第に食卓に不穏な空気が漂い始めたのに気づき、兄妹は顔を見合わせ、さっさと食事を終わらせてここから避難することにした。

急いで夕食を食べ終え、湯呑みを持って二階へ上がる。

「ねえ、お兄ちゃん。本当に何も聞いてないの」

それぞれの部屋に別れる前に、麻衣子が疑わしげな目を向ける。哲平は肩を竦めるしかない。

「ああ、全然」

「じゃあ、そういう雰囲気とかは」

「わかんねえな……あいつ、結構ポーカーフェイスだからな」

そういう雰囲気も何も、最近では顔を合わせればセックスに突入してしまうので、そんな湿っぽい話をする空気でもなかった。

「でも、滋お兄ちゃんは知ってるはずだよね」

「あ……そうかもな。京介の母さん、滋兄ちゃんの母さんに相談したって言ってたもんな」

「そのこと、聞いてみたら」

「な、なんでだよ」

「お兄ちゃんたち、幼なじみじゃない。あんなに仲がよかったのに、最近じゃそうでもないの?」

「い、いや……そんなことねえけど」

むしろ、関係は以前よりも濃密になったと言えるだろう。けれど、そう言えばまるで近くなったような気がしないのはなぜなんだろうか。むしろ、京介のことも滋のことも、わからなくなってしまった。肉体的には繋がっているのに、心は離ればなれになってしまったような感覚があった。

(だって、京介も滋兄ちゃんも、イメージ変わり過ぎなんだよ)

こんなことをする関係になるとは、当然だが以前はまったく想像していなかった。今でこそ自分も積極的に参加しているけれど、最初の内はあの二人に引きずられて流された感が強い。未だに戸惑いを残している自分がおかしいのだろうか。男なら皆、気持ちよければ二人だろうが三人だろうが、男同士だろうが、楽しめてしまうものなのだろうか。

「でも、もし離婚しちゃったら、京介君どっちについて行くんだろうね」

「へ？　どういうことだ」

「だって、まだ京介君だって未成年じゃん。やっぱり高校生の内はどっちかの親と一緒にいるんじゃないの」

「ああ……そうだよな」

もしも自分の両親が離婚したら、と想像すると、さすがに京介が可哀想になってきた。幼い頃から不仲の両親だったとは言え、それでも京介にとっては実の親だ。離ればなれになってしまうのはきっと辛いだろう。

部屋に戻り、携帯を手に取って滋に電話してみようかと考える。しかし、そんな急ぐ内容でもないし、明日学校で直接聞いてみれば済む話だ。

そう思って携帯を机の上に戻そうとしたとき、突然手の中でバイブレーションが発動した。ちょうど着信が来たらしい。ディスプレイを見てみると、そこには京介の名前があり、ドキッとする。

「……おう、どうした」

平静を装って気のない声を出す。

『てっちゃん、今大丈夫？』

「ああ、平気。何か用？」

　京介は哲平のわずかな動揺には気づいていないようだ。まさかの本人からの電話だったが、さすがに正面切って離婚の話など聞くことはできない。

『別に、何もないよ。ただてっちゃんの声聞きたかっただけ』

「あ……、そ、そう」

『ごめん、迷惑だった?』

「いや、そんなことねえけど」

　まるで付き合っている恋人同士のような台詞。京介に突然こんなふうに電話をかけられれば、大抵の女の子はのぼせ上がってしまうだろう。けれど、自分たちは別に恋人同士ではないので、困惑してしまう。

　向こう側でため息をつく気配がした。

『会いたいな』

「えっ……今か?」

『うん、そう』

　唐突な提案に、哲平は動揺する。胸の鼓動が激しくなる。

「お、おいおい、無茶言うなよ。これからなんて……」

『何もしなくていいんだ。ただ会うだけ』

　ふと、哲平は先ほどの話を思い出した。もしかすると、何か辛いことでもあったのだろうか。そんな想像をしたら、急に電話の向こうの京介が哀れに思えてきた。

「お前、今どこいんの」

『予備校の帰りで、今地元の駅着いたとこだよ。あと十分以内にてっちゃんちの前に行くから、着いたらまた電話するね。ちょっとだけ時間ちょうだい』

「うん……、それなら、いいけど」

じゃあ、なるべく早く行くね、と言って、京介は通話を切った。哲平は携帯を握り締めたまま、しばらくじっと立ち尽くす。

(もしかして……京介がおかしくなり始めたのって、家のことが原因だったりすんのかな)

突然、京介のことがわからなくなったあの最初の夜。その日からまるで別人になってしまったように哲平に迫ってきた。滋もそれは同様だが、あちらはどこか様子を見ているような、京介を観察しているような雰囲気がある。いつも滋自らは積極的に参加せず、京介に促されたり触発されたりして加わる程度だ。

そんなことを考えている内に、再び携帯が震えた。五分くらいしか経っていない。

『てっちゃん？　着いたよ』

家の前の道路に面した窓のカーテンを開けてみると、下で京介が手を振っていた。

「わかった、今行く」

ふと、こんな会話を以前もしたような既視感に捕われて、哲平は懐かしい気持ちになった。

そう、まだ京介が頻繁に家に遊びに来ていた頃は、いつもこうして窓から外にいる京介の姿を確認し、階段を下りて行ったのだ。

サンダルを突っかけて玄関から出て行くと、待っていた京介は哲平を見て嬉しそうに微笑んだ。その笑顔がなぜか寂しげに見えて、哲平は胸の詰まるような感じがした。

「ごめんね、てっちゃん。いきなり来ちゃって」

「別にいいよ。どうせなんだから、中入れって」

「ううん、いいんだ。本当に、顔見たかっただけだから」

そう言って、京介はふわりと哲平の頬に触れた。あ、と思った次の瞬間には、哲平の唇に京介の唇が軽く触れて、離れていく。いつもの石鹼の香りがした。

目を瞬かせて京介を凝視していると、ふっと仄《ほの》かに微笑みをこぼし、

「じゃあ、また明日ね。てっちゃん」

と囁いて、去って行った。

哲平はぼんやりと棒立ちになりながら、京介の後ろ姿を見つめる。

（なんだ、京介の奴……マジでちょっと顔見ただけで帰りやがった）

ふらふらしながら家の中に入ると、途端にじわじわと恥ずかしさが込み上げた。あんなキスは、京介のキスじゃなかった。あんな優しい、初々しい、少し唇が触れただけで離れていくようなキスは、いつも性欲そのものの濃厚さで舌を絡ませる京介のものとは違っていた。

（本当に、どうしちまったんだ、あいつ）

こんなことでなんだか少しドキドキしている自分は、幼なじみとセックスを楽しんでいる自分よりも、ずっとヤバイような気がした。

＊＊＊

翌日、早速哲平は昼休みに滋を捕まえて、お馴染みの旧校舎の階段下で京介の件を質問した。

「ああ、あいつんちの離婚の話？　そうだな、確定っぽいよな」

と、アッサリ認めた滋に思わず拍子抜けする。

「滋兄ちゃん、いつから知ってたの」

「そんな前じゃねえ、最近だぜ。せいぜい……まあ、一ヶ月前くらいかなあ。うちの親が旅行に出かける寸前に相談されたらしいから。まあ、あの人ら一回旅に出ると最低でも一、二ヶ月は戻って来ねえからな」

「そうだったんだ……一ヶ月前か」

ふと、その時期が自分たちがあの遊びを始めた時期と微妙に重なる気がして、胸がざわつき始める。

「なに、おばさんがお前に話したの」

「あ、うん。うちの母さん、京介のこと心配して……何も変わった様子ないか、って」

「まあでも、あそこの事情は昔っからフクザツだったからなあ。そんであいつみたいなひねくれた子供になっちまってよ」

ひねくれた、という言葉に違和感を覚えるが、同じ幼なじみでも自分が京介に感じているものと滋から見た印象というのは大分違うのかもしれない。

「京介の母さん、滋兄ちゃんの母さんになんて相談したの」

「離婚したら引っ越す、って。うちのお袋は一応宥めたらしいけど、もう決心は固いっぽかったぜ」

「でもどうして、今頃離婚なんて……」

「おばさんにもようやく本気の恋人ができたからじゃねえの。アメリカ人だってよ」

「そっか……おばさん元スチュワーデスだもんな」

京介の母親はおばさんと呼ぶのが躊躇われるほど若々しく美しかった。京介の女性的な顔立ちは母親そっくりで、反対に姉の智恵は父親似のはっきりとした男性的な顔をしている。

それにしても、いよいよ離婚は決定的になったようだ。明らかになったのが最近のことと言っても、幼なじみの間で自分だけが蚊帳《かや》の外に置かれていたような気がして、哲平は少し寂しくなった。

「滋兄ちゃんは、京介に直接そのこと聞いたことあったの」

「いや、ねえけど。でも、俺が知ってるってことはあいつもわかってると思うぜ」

「そっか」

昔は自分になんでも打ち明けて相談してくれていた京介。けれど今では、重大な家庭の事情は決して話さないようになった。恐らく、そんなことだけではない。哲平の知らない幼なじみの秘密は、他にもたくさんあるのだろう。

「親の離婚が決まったから、京介おかしくなったのかな……」

なんとなくぼそりと呟いた言葉に、滋が片眉を上げて反応する。

「あ？　どういうことだ」

「だ、だって、京介、変じゃん……それで俺たち、こんなことに」

ああ、そういうことか、と滋は腕を組んだ。

「そういう部分も、あるんだろうけどな。まあきっかけに過ぎないっつーか」

その言葉の端々に何かを匂わせているのがありありと感じられて、滋は何かを隠していると哲平は直感する。何かを知っていて、あえて哲平には言わないでいることがある。

けれどその疑問を口にする前に、滋の手が哲平の肩に伸びた。

「俺に関して言わせてもらえば、お前とヤるのは普通に好きだよ」

鼓動が大きく跳ねる。舌が強張り、何も言えなくなる。

「ガキだガキだと思ってたのに、こっちが骨抜きになるくらい色っぽい顔しやがってさ。京介じゃなくたって狂うさ」

「お……俺、そんなこと……」

「お前は可愛いよ、哲平」

滋はにっこりといつもの爽やかな笑みを浮かべ、指先で哲平の襟足を撫でる。

「最初はお前らの酔狂に付き合ってやってるって意識だったけど、今はもう違うぜ」

「……滋兄ちゃんも、おかしくなっちまったな」

「お前も、だろ」

何も反論できない。おかしいのは、三人全員だ。もしかすると、最も重度なのは自分かもしれない。二人は男同士で交わっているとは言え、していることは女相手にするのと変わらない。それが、自分は仮にもれっきとした男でありながら、二人の友人を相手にして女の役割を担いながら、悦《よろこ》んで射精している。いちばん異常なのは誰かと言えば、自分なのだ。

「お前、前に京介のこと怖いって言ってたよな」

ふと、思い出したように滋が呟く。

「怖いなら、いっそあいつから離れて、俺たち二人でやってみるか」

「な……何言ってんだよ」

突然の突拍子もない提案に、哲平は目を丸くした。

「そ、そんなことしたら……きっと京介、怒る」

「別にいいじゃん。黙ってりゃバレないいんだし」

そうかもしれないけど……と口の中でもごもご呟くが、あれだけ三人で行為を繰り返しておいて、今更一対一というのは、違和感があった。魔界ごっこのルールを引きずるわけではないけれど、決まりごとを破ってしまうような気がする。

「それに、俺が怖いのは……もう京介だけじゃないよ」

「ははっ。なんだ、俺のことも怖くなった？」

滋はこの場に不似合いなほど楽しげに笑った。

「俺をおかしくしたのはお前だよ、哲平」

「人のせいにして」

「ただ、俺はお前の嫌がることはしねぇよ。選択権はお前にあるんだからな」

以前もここで言ってくれた台詞を繰り返す。滋はいつでも哲平に逃げ道を用意してくれる。そのことに哲平はいつでも助けられている。

「昔からさ、お前は京介にはいいカッコしようとして虚勢張ってたけど、俺に対してはそのまんまだったよな」

滋は哲平の頬を撫でながらふいに昔話を始める。

「まあ、年齢的に当然だったと思うけど。それでも俺は嬉しかった。兄貴二人の下でずっと弟が欲しかったから、お前のこと本当の弟みたいに思ってたんだ」

「滋兄ちゃん……」

「だから俺の前では正直になれよ、哲平。もうやることとやっちまったんだし、俺に遠慮することなんて何もないだろ」

こくり、と頷く。自分でも、滋の前にいると素のままの自分でいられるのを感じていた。京介に対しては、守ってやらないといけない存在だと思っていたので、常に兄貴分役を気取っていたけれど、今ではそれが完膚なきまでに壊れてしまっている。それなのに、滋に対する歳の離れた兄への憧憬《しょうけい》のような感情はそのままだった。

頰を撫でていた滋の指は、するりと顎の下へ移動した。くいと持ち上げられて、細めた目に見つめられながら、親指で唇をなぞられる。滋の顔が間近に迫り、胸元からウッディ系の香水の香りがした。

まさか学校でキスをされてしまうのかと、唾を飲んだ哲平の喉が上下に動いた。そのごくりというあからさまな音に、自分の仄かな欲望を滲ませてしまった気がして、哲平の頰は赤くなった。

「……俺は悪い先生だな」

などと今更なことを言いながら微笑んで、滋は哲平の顎を解放した。そろそろ行くか、とあっさりと向けられた背中にしがみつきたいような衝動を、哲平は必死で我慢した。

＊＊＊

来週に二学期の期末テストを控えているというのに、その週末も哲平は武田家に呼び出された。母親には「滋兄ちゃんの家に京介と勉強しに行く」と殊勝な言い訳をし、お飾りの勉強道具を持って自宅を出る。

京介の家の事情を垣間見てしまったせいか、この前妙に寂しげな様子だった京介と会ってしまったからなのか、今日はいつも以上にどこか気まずかった。これは京介に対する同情心なのかなんなのか、自分でもよくわからない。

けれど、武田家に着いた途端、そんな繊細な感情はどこかへ吹き飛んでしまった。

「てっちゃん、今日はこれ着てみてよ」

「これって……まさか……」

京介はどこから持って来たのか女子の制服を哲平に手渡した。しかもそれは北澤高校のものだ。綺麗に畳まれているが少し使い古したような感じがあり、誰かの着ていたものだとすぐにわかる。持ち主のニオイが気になるのか、リンが尻尾を振ってふんふんと嗅《か》いでいる。

「お、お前、これどうしたんだよ」

「予備校講師でうちのＯＢがいるんだけど、その人のお古。友達が制服破っちゃって、もうすぐ卒業だし新しいの買いたくない、って言ってるって嘘ついたら譲ってくれた」

「手段選ばないねえ、お前。ま、哲平は似合うだろうけどな～」

二人とも乗り気なのに哲平は呆れた。いつも女役をさせられてはいるが、まさか本物の女子の制服を着せられるとは想定の範囲外だった。おまけに白の可愛いレースのついたランジェリーまで押しつけられ、早く着替えてこいと洗面所に追いやられ、哲平は嫌々ながらも着ざるを得ない状況に追い込まれてしまう。いつの間にかリンもついて来ていて、足元に行儀よくちょこんと座っていた。汚れのない眼差しで見られながら女装するのが尚更辛い。

「なんで俺がこんなもの……」

ブツブツぼやきながら着てきた服を脱いでいく。大体、女の服を着せるのなら、本物の女とやればいいじゃないかと思う。二人ともモテるし、第一京介には現在彼女がいるのだ。自分の学校の女子とプレイしているシチュエーションを味わいたいと言うのなら、女に着せた方がずっと本物らしく見える。

「ん……どうやって穿《は》くんだ、これ」

渡されたショーツは布地が少なく、両端が紐《ひも》で結ばれているものだった。試しに脚を通してみるが、性器がほとんどはみ出してしまい、下着の役割を果たしていない。おまけにかなり食い込むので少し痛みがあり今すぐにでも脱ぎたくなった。

ブラジャーも苦心の末になんとか装着し、シャツとスカートとタイを身につける。鏡に映る自分は、見慣れた学校の女子の制服を着て変な顔をしている、紛れもない変態だ。

「着たけど……嫌だよ、これ」

リンと一緒にリビングに出て行くと、おお、と滋が大げさに感嘆の声を上げる。

「おっ前、普通に似合うなあ」

「似合ってなんかねーよ。いろいろ窮屈で、もう脱ぎたい」

「折角なんだからこのまま楽しんだ方がいいじゃない。それにしても、普通に着られたんだ。先生結構細い人だったのに、てっちゃんってやっぱり華奢《きゃしゃ》なんだね」

京介が手を伸ばし、ウエストを両手でぐっと締めつける。薄い体型を殊更強調されているようで、哲平はますます情けない気持ちになった。

「可愛いなあ、てっちゃん」

「うるせえ」

おもむろにキスをされ、舌を絡められ、目を閉じた。すると、背後からぬうっと手が伸びてきて、シャツの上からブラジャーに包まれた胸を鷲摑《わしづか》みにされる。

「んっ……」

滋はそのまま後ろから哲平の首筋に吸いつき、ないはずの胸を乱暴に揉み続ける。思わずビクッと反応すると、同時に京介が哲平の口を吸いながら下肢に手を伸ばし、スカートを捲り上げて太股に手の平を這わせる。

（あ……、なんか、これヤバイ……っ）

立ったまま前後から弄られている。まるで電車の中で痴漢でもされているような錯覚を覚える。女の子のような胸なんてないはずなのに、滋の大きな手で揉まれていると、ひどく興奮する。その内シャツのボタンを外され、ブラジャーを押し上げられて、直《じか》に平らな胸板や尖《とが》った乳首を乱暴に揉まれると、上擦った喘ぎ声が堪え切れなくなる。

「あ……は、あ、な、なんか、変だよ……」

「んなこと言って、お前スゲー興奮してんじゃん」

「てっちゃんのここ、もうびしょびしょに濡れてるよ」

スカートの下を弄っていた京介の手が、窮屈に張りつめた下腹部をぞろりと撫でる。それだけで腰が震え、ただ一枚の布を腰に巻きつけているだけだというのに、妙な背徳感があった。先走りで湿ってしまったらしい下着のことをびしょびしょなどと、まるで女に対するような言い方をされ、哲平はますます昂ってしまう。

「は、早く、下着脱がせて」

「なんで？　いいじゃん、このままで」

京介は小さな布地の脇《わき》から勃起した陰茎を取り出し、軽く擦る。そして尻の方は滋にショーツを少しずらされた状態で窄まりに軟膏を塗られ、二人とも身につけたものを何ひとつ脱がさないまま行為に及ぼうとしているのがわかった。

滋の太い指で少しそこを解されただけで、哲平は尻が疼くような堪らない気持ちになる。京介に唇を弄ばれながら、ゆるゆると前を扱かれて、次第に膝ががくがくと震え始めた。

「お、俺、もう立ってらんな……」

「じゃあ、ここに座れよ」

滋はソファにどっかりと腰を下ろし、ベルトを外してファスナーを開け、反り返ったものを露出させる。ゴムをつけたそこに潤滑油を垂らすのを見て、哲平は腰の奥がカッと熱くなるのを覚えた。滋の横にはリンが何も知らずに丸くなっている。

「ほら、上に乗れよ、お嬢ちゃん」

ニッと白い歯を見せて笑う滋は、いつも学校で見せている爽やかな顔とはまるで別人の、大人の男の顔をしている。おずおずと滋に向き合って腰を下ろそうとすると、京介にくるんとひっくり返される。

「てっちゃん、こっち向いて。俺がてっちゃんのびしょ濡れのここ、舐めてあげるから」

「わ……わかった……」

滋に背中を向け、不慣れな体勢でヒクつくそこに滾《たぎ》ったものを押し当てる。ぐう、と先端が押し込まれると、熱い興奮に息が上がる。そのまま滋に腰を摑まれずぐりと突き上げられて、哲平の体は魚のようにビクビクと跳ねた。

「てっちゃんのここ、もうどろどろ……濡れやすいんだね」

「さ、さっきから、変な言い方、やめ……、あ、あっ」

滋に後ろから貫かれたままの姿勢の哲平のものを、京介は大胆に頬張った。

「ああ、あ、あー、あ」

目の回るような快楽だった。膝裏に腕を回され持ち上げられ、全身の重みでより深く男根が埋まる。そのまま玩具のように上げては落とすことを繰り返され、ずっちゃずっちゃというものすごい音と共に中をメチャクチャに擦られる。

「お前マジで軽いなあ……女だってもう少し重いぞ……ま、そのお陰で楽だけど。ははっ」

滋のものは亀頭が大きく傘を張っていてそこに臍の裏側辺りを抉られると意識が飛びそうに気持ちよかった。幹の部分も太く出し入れされると肛門が限界まで引き伸ばされ痛みも覚えるが、弾力性があり快感に溺れている間にとろとろに馴染んで最高の絶頂を味わえた。

京介のものは大きさは滋のものとさほど変わらないが鋼鉄のように硬く臍の方まで反り返っていて、正常位で突かれるとダイレクトにあの快感のしこりを捲り上げられ、哲平は何度も暴力的な射精感に泣かされた。

「ああ、すごいよてっちゃん、どんどん溢れてくる……」

激しく上下する哲平の陰茎を京介は夢中で頬張りながら、自らのものも擦っていた。時折歯が当たりビリッとした痛みが走るが、もうそれすら興奮の一部でしかない。前と後ろを同時に攻められて、哲平は息も絶え絶えに忘我の極みを漂っている。

「はあ、あ、いい、いい、気持ちいい」

ろれつの回らない口で舌ったらずに喘ぐと、それが女の声のように聞こえて、まるで本当に女になってしまったような感覚に捕われた。揺すぶられているとブラジャーに乳首を擦られて、触られていないのに痛いほどそこが勃起してしまう。全身の皮膚から汗を噴き官能に喘ぎながら、哲平は未だかつてないほど大きな絶頂が迫って来ていることに焦りのような追いつめられるような気持ちになった。

「あっ、あっ、あっ、も、いく、いく」

悲鳴のようにひときわ高い声で叫ぶと、首筋に熱く荒い息が触れた。

「お、俺も、出そうだ……っ」

「俺も……てっちゃん、いって、たくさん出して」

最後の激しい交合に、盛んに捲り上げられた粘膜が狂ったように蠢く。上りつめる感覚に無意識の内に滋を締めつけ、哲平はえび反りになって射精した。

「あっ、は、ああ……」

甘い声で鳴きながら京介の口の中に吐き出した後、自分の中で滋が爆ぜるのがわかった。京介は哲平のものを飲み下した後に立ち上がり、女のように膨らんだ哲平の乳首に直接射精した。敏感になった胸を温かな精液が伝い落ちていくその卑猥な感覚に、哲平の陰茎からは更にどろりと濃い精液が滴った。リンは不思議そうにその液体を眺め、ちょっと舐めたとこ

ろを、「それは俺のだよ」と京介に叱《しか》られた。

＊＊＊

女装したままのセックスは思いの外具合がよく、土日は昼も夜もわからないほど交わった。そのために折角調達した制服は体液まみれになってしまい、クリーニングに出すことも憚《はばか》られて捨てるしかなかった。

「また違う服買えばいいじゃん」と滋は気軽に言いながら、実は俺も前彼女に着せてたやつがあると言い出し、さすがにそういう目的で使われたものを再利用するのは嫌だと、哲平は即座に拒否した。

それにしても、正直二人のセックスへの執着には哲平は辟易してしまう。二人は好きなだけ欲望をぶつけてくるし、ただでさえ男を受け入れるようにはできていない体なのに毎度毎度滅茶苦茶に犯されしゃぶられ弄られて、必ずと言っていいほど半分意識を失ってことを終えるのが恒例のようになっていた。

お陰で、初日のテストは散々だ。とは言っても、以前からテストの調子がいいわけではないので、さほど変わりはないのだが。

（それにしても……こんなこと続けてたら、いろいろもたねえよな）

嫌気が差してきた、とはっきり言ってしまうのは抵抗があるけれど、もう無理だと訴えてもこちらが失神するまで解放してもらえないあの行為は、死ぬほど気持ちがいいが、その熱が冷めた後の倦怠感ややるせなさも大きかった。

哲平の目下の心配は、これから来る夏休みのことだ。今ですら毎週末、そして度々平日にも呼び出されているのに、休みに入ってしまったら一体どうなってしまうのか、想像するだけで頭がクラクラとした。

散々抱かれて快感を覚え込んでしまった体は今でも持て余し気味なのに、夏休みに連日行為をしてしまったら、何もかもが変わってしまいそうで怖かった。

そんな不安を抱えながら一日目のテストを終え、二日目も不調に終わったその日。突然の変化は、樫井をきっかけにしてもたらされた。

「なんかさ、お前最近おかしくね？」

「え……なんだよ、いきなり」

期末テストの期間中、午後の授業はなく、皆一様にため息をつきながら帰り支度を始めたときだった。土日の激しい情事で未だに疲労の残る哲平に、樫井が妙に真面目腐った顔をして話しかけてきた。

「確かにちょっと疲れてるけど」

「そういうことじゃねえよ」

樫井は苛立った様子で、少し声を潜めた。

「どっかメシ食いに行こうぜ。お前に話あんだよ」

「べ、別にいいけど……」

ふと、哲平の脳裏に、まさか樫井が自分たちのこの遊びに勘づいているのではないかという有り得ない恐れが降って湧いた。その恐怖はなんとなくいつも哲平の傍にあるものだ。つい繰り返してしまう行為。けれど、頭の中は快楽を求める思考と罪悪感の狭間で揺れている。

誰かに対する罪の意識ではない。それは、今まで哲平自身が培ってきた倫理観に反することをしているという割り切れない後悔だった。

与えられる快楽に慣れてきた頃、哲平の中ではその後悔の占める割合が徐々に大きくなっている。できることならば、吉村にキスが原因でフラれたあの日に時を戻したかった。もしまたあの日に帰れるのならば、絶対に滋の家に行ったりしない。行ったとしても、酒など飲まない。そうすれば、ひとしきり愚痴っただけで、理性を失うことなく家に帰って来られただろう。そして、こんな幼なじみ三人で交わる快感など知らずにいられただろう。

今更いくらこんなことを考えても無駄だとわかっている。過去には戻れないのだから、変えようとするなら未来しかなかった。けれど、それすらできずにいつも二人に抱かれてしまう。いくら今日はやめようと思っても、少し肌に触れられれば体が快感を思い出し、なし崩しに行為にのめり込んでしまっている。

滋は、いつでもやめていい、哲平次第だと言ってくれているが、本当にそうなのだろうか。いつもあの二人の熱狂ぶりを見ていると、そんなふうにあっさりとやめることができるのか、疑問に思ってしまう。もしも哲平がやめたいなどと口にした場合、一体何が起こるのだろう。根拠はないが、その先を考えることが妙に恐ろしかった。

樫井は有無を言わさずバイクの後ろに哲平を乗せ、近くのファミレスまで走った。初めて乗った樫井のバイクは、思いの外安全運転で若干拍子抜けした。やはり外見が不良だからといって運転までアウトローになるというわけではないようだ。

「今日はおごってやるよ。なんでも好きなもん食え」

「どうしたんだよ、お前」

「今日は俺が無理矢理連れて来たからな。そのくらい当然だろ」

樫井にはこういう兄貴肌的なところがあり、あまり抵抗を続けると却《かえ》って機嫌を損ねるので哲平はいつもこの好意には甘えることにしていた。

若干の夏バテも相まってあまり食欲のなかった哲平は、適当にあっさりとした和風スパゲティを頼む。一方樫井は見ているだけでこちらが胸焼けしそうな分厚いステーキをもりもりと食べていた。

「で、話ってなんなんだよ」

食べ終えた後フリードリンクのウーロン茶で喉を潤しながら哲平は話を切り出した。こんなふうに樫井に改まって話があると連れ出されるのは初めてのことで、なんだか不気味だ。

「じゃあ率直に聞くけどよ。お前、今付き合ってる女、誰だ」

「えっ」

藪から棒に突拍子もない質問をされて面食らう。誰だ、と聞かれても、そんな誰かはいないので答えようがない。樫井が哲平に彼女がいるということをほぼ確定事項にしていることに酷く驚いた。

「な、何言ってんだよ……いねえよ、そんな奴」

「嘘つくんじゃねえ」

「本当だって！」

苛立って思わず強く言うと、樫井はしばらく黙ったままじっと哲平を見つめた。

「じゃあお前、彼女じゃない女とやってんのか」

「はあ？」

思わぬ方向からブーメランが飛んで来て、ぽかんとする。

「やり過ぎて疲れた顔してんのなんかわかるんだよ。そんなに絶倫なのかよ、そいつ」

「え、え、ちょっと待てよ樫井」

「お前ここんとこずっと上の空じゃねえか。ぼんやりして全身にキスマークつけてよ。断言するけどその女やめた方がいいぜ。お前気力も何もかも吸い取られてんじゃねえか」

捲《まく》し立てる樫井の言葉は確信に満ちていて、哲平に反論を許さない。それにしても隠していたはずのキスマークに気づいていた樫井に驚いた。気をつけていたのに、一体いつ見られたのだろう。

「夢中になんのは誰だってあることだけどよ、お前は心配なんだよ。その内おかしくなっちまうぞ」

樫井の言うことは当たっていた。ただ、相手が女性、ということを除いて。けれど見ただけでわかってしまうとは考えてもみなかった。哲平は樫井の勘の鋭さに戦慄《せんりつ》した。

「お前……なんでやめた方がいいって思うの」

ある意味樫井の発言を認める言葉をこぼす。哲平は、思わぬ第三者の介入に恐れを抱いたが、それと同時に救いも見出したような気がしていた。

「なんでやっちゃだめなの。皆やってんじゃん。それの何が悪いんだよ」

何か自分の背中を押してくれる言葉が欲しかった。この曖昧で宙ぶらりんな状態に終止符を打ってくれる存在が欲しかった。

「そんなの一目瞭《りょう》然《ぜん》だろ。いい恋愛してる奴はいい顔してんだよ。でもお前は違う。ただ溺れてるだけだ」

ギクリとする。それは確かにそうかもしれない。第一、男女が愛し合った末に体を重ねている行為とはまるで違う。ただのお遊びなのだ。気持ちいいからやめられないというだけで続けているセックスだ。

「お前はガキだから加減の仕方がわかってねーんだよ。最初吉村みたいな奴と付き合っていくとこまでいってれば多少勉強したかもしんねーけどよ。今のお前の相手、百戦錬磨なんじゃねーの。いいように吸い尽くされてんだろ」

「それは……そうかも」

百戦錬磨なのかどうかは知らないが、京介も滋も自分よりはるかに経験値が上なのはわかっている。それに男同士だとなまじ体力があるので行為は長時間に及ぶ。その結果疲労困憊してしまうが、快感も凄《すさ》まじいものがあった。

「他にお前の状態に気づいてる奴もいねえだろうし、誰も止めてくんねえだろ。だから心配なんだよ。お前だってわかってんだろ?」

樫井がいつもとは違う真摯《しんし》な態度で、こちらを説得しようと懸命に話しかけてくる。

(やっぱりこいつ、正義感だけは強いんだよなあ)

妹の麻衣子を痴漢から救ったように、友人をこの泥沼から引き上げようとしてくれているのだろう。普段は悪ふざけしかしていないが、根は真面目なのかもしれない。

哲平はこの友人に対して、事実を偽っていることに居心地が悪くなってきた。さすがに名前まで明かすことはできないが、樫井の誠意にこちらも応《こた》えてみてもいいのかもしれない。

意を決して、哲平は口を開いた。

「お前の言ってること、ほとんど合ってるんだけど、ひとつだけ違うんだ」

「なんだよ」

「相手、女じゃねえの。男」

その途端、樫井は目を剝いて固まった。鳩が豆鉄砲を喰ったとはまさにこのこと、といった表情だ。

「お前……男が好きだったのかよ」

「違う、と思う。わかんねえ」

最初がずぶずぶに酔っていたので不可抗力だったことはあるが、それ以降は多少なりとも自分の意志が入っている。こんなこと大したことないと丸め込まれ流されてここまできたけれど、確実に恋愛ではない。だが、本当に同性相手が無理ならばもっと嫌悪感を感じてもいいはずだ。哲平には、それがなかった。だから自分でも自分の気持ちがわからない。

「でも、やるだけなら気持ちいいから……」

「お前なあ」

樫井は参ったとばかりに頭を抱える。

「そいつとは、付き合ってるわけじゃないのか」

う。

「違うよ。ただの遊びだし」

「そいつはお前のこと好きじゃねえの」

「わかんねえけど……」

少し考える。好きと言われたことはあった気がするが、それは幼なじみとしての好きだろう。

「恋愛の好きとかじゃないんじゃないかな。俺もそうだし」

するど、樫井は一瞬の躊躇の後、目に力を込めて哲平を見た。

「じゃあ、俺にしろよ」

「――――へ？」

「俺はお前のことが好きだ。俺ならお前のこと幸せにしてやれる」

一大決心のように重い声音で告白されて、哲平はただポカンとした。

「樫井……何言ってんの」

またいつもの悪ふざけだろうか。多分そうだ。それ以外考えられない。けれど樫井の目が真剣過ぎて、怖くて思わず確認したくなった。

「え、冗談だよな？」

「ちげえよ！」

哲平の混乱を、半ば憤ったような声がぴしゃりと打つ。

「初めて見たときからお前が好きだった。麻衣子ちゃんのこと家に送って、お前と会ったときから」

「ハア？」

有り得ない発言に哲平はムッとした。ここで麻衣子の名前を出されたことに、自分も妹も侮辱されたような気持ちがあった。

「そ、それじゃ、なんで麻衣子と付き合ったんだよ⁉」

「お前に似てるからだよ！」

間髪入れずにハッキリと言われて、ドカッと頭を殴られたような衝撃を受けた。

「一目惚《ひとめぼ》れなんて初めてだった……そりゃ麻衣子ちゃんも可愛いし、好みだったよ。でもその後に出て来た兄貴が、妹よりドンピシャだなんてな……俺だって信じたくなかったよ」

「……マジかよ」

すっかり毒気を抜かれ、脱力する。まさか、麻衣子と付き合っていたのがそんな理由だったなどと、一体誰が思いつくだろうか。

哲平はたった今告白されたことのあまりのショックに立ち直れずにいるのに、樫井はそんなことはどうでもいいとばかりに身を乗り出してくる。

「だから、俺にしろよ。俺は真剣にお前と付き合いたい。お前には、遊びでやるセックスとか似合わねーんだよ」

「似合う、とか似合わない、とかじゃねーじゃん……」

樫井の告白は未だに驚きが大きかったものの、この友人が本当に自分を変えられるとは哲平には思えない。

「気持ちいいんだからしょうがないだろ。やめられねーんだよ」

「気持ちよくすんのなら俺だってできんだよ」

目を丸くした。樫井の目にふざけているような色はない。

「な……何、言ってんだよ」

唾を飲む。この雰囲気は、そういう流れだ。咄嗟に哲平は反発した。

「お前、男とやったことなんかないんだろ」

「ねえよ。でもお前には一年以上片想いしてんだからな。やりたくて仕方ねえよ」

「無理すんなよ……」

「無理じゃねえって証明してやる」

樫井はレシートを摑んで立ち上がった。哲平はこの展開が信じられずにぽかんとしている。

「行こうぜ、哲平」

ここで、断ればよかったのかもしれない。自分は当然ながら樫井に恋愛感情を持ったことはないし、それなのに樫井の好意を利用するような真似《まね》は卑怯《ひきょう》だと思えた。

けれど、哲平はわずかに期待してしまった。樫井について行くことで、今の状況をどうにか変えられるのではないかと思った。

結局、哲平は大人しく樫井の言うことに従った。樫井はそのまま哲平をバイクに乗せ、その辺のブティックで女物の服を買い、公衆便所で着替えさせた。水色の滑らかな生地に白いドットがプリントされたシンプルな下着に、淡いピンクのレースチュニックとキャミワンピのセット、そして白いサンダル。樫井は「似合うじゃん」と一言満足げに呟いて、指先に欲望を滲ませて哲平の頬を撫でた。

そして何も理由を言わないまま、樫井はワンピースの裾《すそ》をひらめかせる哲平を乗せて走った。向かった先はラブホテルだ。男女として入った方が問題ないと考えたのか。

(女装すんの、これで二度目なんだよな……)

悲しいかな女顔なので、女性の服を着るだけで哲平は普通にボーイッシュな女の子に見えた。一度目は滋の家で、あの女子の制服を着せられたときだったけれど、女装すると情けない気持ちになるのは、一度も二度も変わらなかった。

部屋に入ると同時に、強く抱き締められる。今までもふざけて抱きつかれたことは何度もあったが、それとはまるで違う手つきに、思わず胸が騒いだ。

「お前……本気かよ」

「当たり前だろ。いくら俺でもネタでこんなことまでしねーよ」

間近に見つめられて、その真剣で熱い眼差しに哲平は戸惑った。こんな表情の樫井は見たことがない。どうやら本気のようだと認めざるを得なかった。

腕の締めつけが強くなる。息苦しさに喘いだ唇に噛みつくようなキスをされて、獰猛《どうもう》な動きで舌を吸われた。煙草のニオイがする。京介とも滋とも違うキスだ。

(俺……何してんだろ。男とのキス、これで三人目だなんて……)

自ら選んだ展開だというのに、妙に頭は冷静でそんなことを考えてしまう。しかも全員が近しい友人だったのに、これからこの悪友とも肉体関係を結ぼうとしている。そもそものきっかけが初めての彼女とのキスの失敗だったのだから、笑えない。まるでとことん女には縁がなく、男だけ引き寄せる人生だ。けれど、こうして樫井に食われるようなキスをされていても、さほど抵抗がないのがおかしかった。

(俺、もしかして本当にホモになっちまったのかな)

考えたくはなかったが、その可能性はありそうだった。男とばかり抱き合っていたせいで、頭がそちらにシフトしてしまったような気がする。今では男の引き締まった硬い体に抱き締められるだけでドキッとしてしまう。相手の下腹部の熱を感じるだけで尻が疼く。精神的な欲求と肉体的な欲求は同じではないのだろうが、連動しているもののような気がする。

ベッドになだれ込み、樫井は欲情丸出しの手つきで乱暴に哲平の服を剥いでいく。このワンピースもブラジャーも何もかも樫井が選んで金を出して買ったものだ。哲平はなんとなく出会い系のシチュエーションを妄想した。その日初めて会って好みの服を着せられてラブホテルに直行して盛る男女。そんな想像の中に自分を置いた方が、精神的に楽だった。

「お前……ここ、相当弄られたな。男にしちゃ、ふっくらし過ぎてる」

言いざま剝き出しにされた乳首に吸いつかれて、あ、と声が出た。乳首を弄るのが好きなのは滋だった。行為に及ぶとき、必ず滋の指は哲平の乳首を揉んでいた。ブラジャーをつけたまま力任せに胸を揉みしだいたのも滋だ。そのせいで哲平の乳首は少しずつ大きくなってしまっている。

樫井はしこった乳首を口に含んだまま舌先で転がし、きゅうっと強く吸い上げる。その刺激が下腹部にダイレクトに響き、哲平は喘ぎながら腰を浮かせた。そのまま樫井の手は下半身に伸び、女性用のショーツの中に窮屈に収まったものを布の上からこねられる。

「あ、や、あ、樫井……ッ」

「乳首吸われて勃起したのか……？　お前の体エロ過ぎ……相当開発されたんだな、くそ……っ」

強引にショーツを脱がされ、脚を開かされる。ジェルを尻の狭間に垂らされて、指を突き立てられる。すっかり男を受け入れることに慣れたそこは、嬉しげに樫井の指を呑み込んだ。柔らかな感触に驚いたのか、樫井は一瞬動きを止め、唾を飲んだ。

「ここ……結構、使ってんのか」

「ん……、でも、初めてしたのが、まだ数週間前……」

「どんだけヤりまくってんだよお前」

苦々しい顔をしながらも、樫井のものは猛《たけ》り反り返っている。哲平は視界の端でその滾ったものを捉《とら》え、興奮に目を潤ませた。まだ入れてもいないのに、尻の中で覚えのある疼きがじわりと熱く広がっていく。

「もう十分柔らけえし……入れていいか」

哲平は無言で頷いた。のしかかられ、そこにぐっと押し込まれる瞬間に、哲平は震えながら射精した。

（ああ、もう戻れない）

踏み出してしまった決定的な一歩を思い、哲平は全身の肌を熱くした。

＊＊＊

帰宅したのは、辺りが暗くなってからだった。樫井に家まで送ってもらい、ぼうっとしながら「夕飯はいらない」と母に告げ、部屋に戻る。

自分の体からホテルの安っぽいボディソープの香りがして、本当にあいつとやっちゃったんだな、と他人事のように思う。それにしても、いつも京介が使っていたあの怪しげな薬がなくても自分は今までと同じように快感を得ていた。とっくに尻で感じることに慣れてしま

っていたようだ。

女装してするセックスは本当に女の子になったようで興奮した。樫井は大事に抱いてくれたが、二人がかりで挑まれると、ほとんどレイプされているような、倒錯的な快感があった。

（あの日は、スゲーよかったもんな……）

気づけば、哲平はあの夜のことを反芻しながら自慰をしていた。そこに先ほどの樫井とのセックスも入り乱れ、熟れた直腸をかき混ぜる自らの指の物足りなさに泣いた。

樫井は、上手かった。女性経験はかなりあるのだろう。けれどもちろん男性経験は初めてで、挿入した直後はどうすればいいのかわからない様子だった。

「普通に動いていいのか」と聞かれ、哲平は一も二もなく頷いた。それからは、二人とも夢中になっていた。上になり下になり、樫井は哲平の中で三度も達した。とにかく樫井は哲平にキスをしたがった。行為の最中ほとんどずっと口を吸われていたので、今も唇が腫《は》れぼったい感じがする。

一対一でするセックスが初めてだったので、哲平はその密着度に心地よさを覚えていた。三人でするセックスは、最早スポーツだ。けれど二人の行為は、ゆっくりだったけれど何かとても満たされるような感じがした。

それに、樫井はずっと「好きだ、好きだ」と呟いていた。哲平の頭の中に刷り込んでしまおうとするように、可愛いだの好きだのと息をするように囁き続けていた。

（あいつは、本当に恋愛してんだな……俺に）

樫井が冗談でなく本気で自分を好きなのだということはよくわかった。第一、好きでもなければあんなふうに最初から何もせず男に対して勃起しているわけがない。

樫井との交わりに、京介と滋とするような罪悪感はなかった。恐らく、そこに「恋愛感情」という倫理的に正しいものが存在していたからかもしれない。ただ、快楽のためだけにしている行為ではなかったからだ。

けれど、最後まで哲平が樫井に同じように「好きだ」と返すことはなかった。自分の気持ちは、まだよくわからない。ただ気持ちいいことが好きだからやった。この現状に見切りをつけたかったから、誘いに乗った。

「ん……っ」

なんとなく、哲平は射精した。やはり、一人でする行為は味気ない。

（これからどうすればいいんだろうな……）

ぼんやりと考えたが、まだ答えは出なかった。

遊びのルールはひとつだけ

樫井と初めてのセックスに耽《ふけ》った翌日。期末試験の三日目だったが、不思議とこの日は集中できていた。比較的得意な生物や物理だったこともあるかもしれない。

そして試験の時間が終わりあちこちの教室がざわめき出したとき、樫井は早速哲平の元へやって来た。

「哲平、また一緒に昼飯行こうぜ」

「お、おう……いいけど」

見るからに上機嫌な様子の樫井に、友人たちは何かいいことでもあったのかと冷やかしの言葉をかける。まさか本当のことは言わないだろうと思いつつビクビクしていると、

「今まさに超恋愛中だから、俺」

と、言ってのけた。それに悪友たちは色めき立ち、どこの女子だと騒ぎ立てたが、樫井は「まだ秘密」と鼻歌混じりに嘯《うそぶ》いて、さっさと哲平の手を引いて教室を脱出した。

「お、おい……いいのかよ、あんなこと言って」

駐輪場へ向かう途中、哲平は我慢できずに文句をつけた。樫井は気楽なもので、

「だって本当のことだし」

などと楽しそうにしている。

「だ、だけど、バ、バレたらどうすんだ」

すると、体育館の裏の方まで来た辺りで、突然樫井が立ち止まる。怪訝に思って声をかけようとすると、強引に引き寄せられて、抱き締められ、そしてキスをされた。

「ん……っ」

発作的に、その分厚い胸板に手を突っ張って離れる。慌てて周りを見回すが、幸い辺りに人影はなかった。

「バ、バカッ……誰かに見られたらどうすんだよ！」

「そのときはそのときだろ」

「お前はどうしてそう……」

哲平は頭を抱えたくなる。悪い奴ではない。けれど、行動が浅慮過ぎる。

「あのさあ……俺、まだお前と、つ、付き合うとか……そういうこと決めてないんだぞ」

「ああ、わかってるよ」

「それなら、お前もうちょっと遠慮しろよ」

しれっと答える樫井に面食らいつつ、哲平は呆れてため息をつく。けれど更に樫井はとん

でもなく前向きなことを言い始める。

「だから、俺はお前に好きになって貰えるように頑張ろうと思ってる」

「え……」

「お前をそのタチの悪い男から切り離すために、なんだってしてやるよ。セックスが好きならいくらだってぶち込んでやるし」

「ぶち……」

あまりにも率直過ぎる物言いに、クラリと目眩《めまい》がした。

「俺にしといた方が絶対いいって、わからせてやる」

「それはわかったけど……学校では、マジでやめてくれよ」

「なんで」

「だからっ！」

と、思わず怒鳴ると、ふいに手が伸びて来て再び抱き込まれそうになったので、哲平は兎《うさぎ》のように即座に後ろに飛んで逃げた。諦めたと見せかけて、再び摑みかかり、哲平はまた必死で飛び退《の》く。それを見て樫井が爆笑する。

「あっははは！　お前、マジでおもしれえな！」

「お、お前な……！」

以前の関係とほとんど変わらないやり取りをしている内に、ふっと哲平の頬にも笑みが浮かぶ。

（もしかすると、樫井とだったら……）

そんなふうに、仄かな感情が胸に芽生えた。

＊＊＊

急展開はその日の内に起きた。

樫井とファーストフードで昼食を済ませ、カラオケに行ってあまり歌わずにイチャイチャした後、バイクで送られて帰宅したのが夕方過ぎ。そして家族と食卓を囲んで夕飯を食べた後、すぐだった。

「あら、そう。それじゃやっぱり離婚は確実なのね」

「うん、そうみたい……まだ実際したのかどうかはわかんねえんだけど、っと」

母親に滋に聞いた話をつらつらとかいつまんで説明していると、尻ポケットに入れていた携帯がバイブした。滋からだった。

「あ……滋兄ちゃんだ」

「あら。京介君のことかしら」

「とりあえず話してくる」

そう言って席を立ち、階段を上がって自室へ向かう。

「もしもし？　滋兄ちゃん？」

『おう。今いいか』

「うん、大丈夫。どうしたの」

心なしか沈んだ声なのが気になったが、まだ哲平は気楽な気持ちだった。次の滋の言葉を聞くまでは。

『お前……樫井とは、いつからなんだ』

頭の中が真っ白になる。何も答えられず、哲平は部屋に戻った格好のまま、しばらく固まった。

滋は、見ていたのだ。あのとき辺りを確認したが、誰もいないと思っていた。けれど、よりによって、滋がどこかにいたのだ。

『付き合ってんのか』

何も言わない哲平に焦《じ》れたのか、わずかに苛ついた調子で滋は重ねて聞いた。

けれど、その怒りを押し隠すような様子に、哲平は疑問を覚えた。滋はいつでも「哲平次第だ」と言っていたではないか。それなのに、いざ他に男がいるとわかった途端、いつもの余裕がなくなっている。

粘ついた執着に嫌気が差す。それは、突然芽生えた感情だった。

（俺は、お前らの玩具じゃない）

好きだと言って大切に抱いてくれた樫井と、滋たちとは違う。あのセックスはただの快楽を得るためだけの行為だった。あんなことをしていたからと言って、この身を縛られる理由はどこにもない。

「そうだよ」

気づけば、哲平はそう答えていた。

「だから、もう滋兄ちゃんたちとはしない」

はっきりとそう言うと、今度は向こうが絶句する番だった。言い切った後なんの反応もないことに不安になるが、これは今言わなければいけないことなんだと気持ちを奮い立たせる。

「滋兄ちゃんは、俺次第だって言ってくれたよね。だから、俺は樫井を選んだんだ。これって、だめだったのか？」

努めて柔らかな口調で、嫌悪感を感じさせない声音で訊ねる。すると、電話の向こうにわずかな動揺を感じた。

『いや……そんなことねえよ』

「じゃあ、なんでそんな怒ってんの」

『怒ってるわけじゃない。ただ……いきなりだったからな。しかも、樫井かよ』

滋の声からは、もうほとんど憤りの響きはなかった。ただ、本当に落ち込んでいるような調子だったので、哲平は少しホッとした。

『とりあえず、樫井と付き合ってるってことはわかったよ。後で詳しく事情聞かせろよな』

「うん……わかった」

『それと……言っとくけどな』

再び、滋は声を落とした。

『俺は、京介に関しては責任持てねえからな』

「え……」

『じゃあな。また明日』

そう言って、プツリと通話は切れた。哲平はしばらく呆然と携帯を見つめる。

(どういうことだよ……。京介が、なんだって?)

なぜ、そんなことを言うのだろう。まるで警告のようだった。

哲平はまんじりともせず夜を過ごした。この日ばかりは、樫井や京介たちとしたセックスを思い返して自慰に耽ることなどできなかった。

＊＊＊

翌朝、玄関を出た途端、ギクリとして思わずバッグを落としそうになった。

「おはよう、てっちゃん」

そこには、いつから待っていたのか、京介が制服姿でキッチリとバッグを持って佇んでいた。哲平は昨日の滋の発言のために必要以上に怯えている自分に気づき、慌てて挨拶を返す。

「よ、よう……。なんでインターフォン押さなかったんだよ」

「押そうと思ってたんだけど、すぐに出てきそうな音がしてたから」

と、嘘か本当かわからないような弁明をした。そうか、としか言いようがなく、約束をしていたわけでもないので「待たせてごめん」とも言えず、微妙な空気のまま二人は歩き出す。

「そうそう、滋兄から聞いたよ」

世間話でもするように、京介は爆弾を投げてきた。

「てっちゃん、樫井と付き合ってたんだって？」

「……ああ、そうだよ」

本当はまだ付き合っているわけではなかったが、滋にそう言った手前違うと言うこともできない。

「ふうん。そうなんだ。もうHしたの？」

「うん……した」

「どこで？　ラブホとか？」

「……そう」

矢継ぎ早に繰り出される質問に、針のむしろに座っているような気持ちでぼそぼそと答える。そういえば初めてラブホに行ったのに、その感慨はあまりなかった。それよりもいろいろと緊張したり切羽詰まったりしていたからだろうか。

「へえ。初めてラブホ行けてよかったね。ていうか付き合ったのいつから？」

「いつからって……正確にどの日か忘れたけど、最近かな」

そう答えると、京介は大げさなくらい深いため息をつく。

「てっちゃん、付き合い始めた日忘れちゃうなんてだめだよ。樫井相手ならいいかもしんないけど、女の子相手にそれやったら、またフラれちゃうかもよ」

「そ、そうなのか……。そんなに大事なもん？」

「女の子は記念日好きだからね。プレゼントのひとつでもあげないと不機嫌になっちゃうよ。面倒臭いけどね」

ああ、でも、と京介は呟き、

「そんな心配ないか。てっちゃん、もう女の子とは付き合わないんだろうし」

「え？」

声のトーンを変えずに、さらりとおかしなことを言われたような気がして、哲平は思考停止した。

「てっちゃんってほんと淫乱《いんらん》だね。ビッチで男狂い。そんなにチンコ大好き？　俺たちだけじゃ満足できなかったんだ？」

頭をガツンと殴られたような気がして、哲平は歩けなくなった。京介の綺麗な口から吐き出された汚い言葉の数々に、愕然《がくぜん》とする。

「な、なんだよそれ……」怒りは、徐々に遅れてやって来た。「どういうことだよ！」

「どういうことも何も、そのまんまだよ」

京介は不思議そうな顔で小首を傾げている。

「初めてのセックスで男にケツ掘られる気持ちよさ知っちゃったんだもんね。だから他の男も試してみたくなったんでしょ？」

憤りのあまり、顔が赤くなっていくのがわかる。けれど京介は素知らぬ顔で喋り続ける。

「だっててっちゃん、恋愛なんか知らないはずだもんね。それがいきなり付き合うなんておかしいじゃん。しかも樫井となんてさ。明らかに体目当てでしょ？　樫井ってガタイいいし、アレも大きそうだよね。体力に任せて散々ケダモノみたいなセックスしてくれたんじゃないの？　てっちゃんは淫乱だから、ちょっとくらい乱暴にされたって却って感じまくっちゃうだろうし、それに」

京介の言葉が途切れ、後方によろめいた。右の拳《こぶし》がじんじんと熱く疼いている。

哲平は、息を荒らげて、拳を握り締め仁王立ちで立っていた。無意識の内に、京介を殴っていた。初めてのことだった。

「てっちゃん……」

頬を押さえて、京介が呆然として哲平を見ている。京介も信じられないらしかったが、いちばん信じられなかったのは哲平自身だった。

「あ……俺……」

ぼんやりと自分の拳を見つめる。この手は、京介を守るためにあるものだと思っていた。決して、殴るためのものじゃなかった。弱くて頼りない幼なじみ。家の事情が複雑で、いつでもどこか悲しそうな顔をしていて。

自分が庇ってやらなければ、守ってやらなければいけないと幼い頃から決めていた。成長して体格やいろいろなものが逆転してしまっても、その思いは消えていなかった。立派な体をしていてもどこか繊細で儚げな京介を見ていると、こいつのことはまだ自分が気にしてやらなきゃいけないんだと、そう感じていた。――それなのに。

「てっちゃん……なんでてっちゃんが泣いてんのさ」

京介が半笑いの声で訊ねる。哲平は泣いていた。どうしてかわからないけれど、泣いていた。京介をこの手で殴ってしまったんだ――そう思うと、堪え切れない涙が溢れた。

こんな状況にしてしまったのは、一体誰だ。

「ごめん、俺……」

言葉に詰まった。顔が熱い。

我慢できず、哲平は脱兎《だっと》の如《ごと》く、その場から逃げ出した。頭の中がグチャグチャで、何も考えられなかった。ただ、自分自身を激しく嫌悪していた。しばらく一人になりたかった。誰にもこの涙でグチャグチャの無様な顔を見られたくなかったのだ。

＊＊＊

その日は一日、海の底に沈んだように静かで無気力な気分だった。余計なことを考えられなくなったせいか、テストの感触はまずまずだったが、クラスメートに話しかけられても適当な相づちしか打てず、皆から体調を心配されてしまった。

「お前、どうしたんだ？　朝っぱらからぼけっと海月《くらげ》みてえな顔してよ」

さすがの樫井も心配してくれたが、まさか本当のことなど言えない。樫井とのことが幼なじみ二人にバレて、その内一人を殴ってしまい、後悔に打ちひしがれている最中だなどとは、誰にも言えない意味不明な内容だった。

その日も樫井から寄り道に誘われたが、到底そんな気分ではなく、試験が終わった後哲平は直帰しようとした。ところが、昇降口の前まで来て、誰かに肩を叩かれる。振り向いて、思わず顔が歪んだ。

「よう。そんな露骨に嫌そうな顔すんなよ」

「滋、兄ちゃ……」

そのとき、周囲にもまだ多数の生徒がいるのに気づいて、いつもの呼び方をしようとして呑み込んだ。

「少し歩くか」

「うん……」

捕まってしまっては仕方ないと、首根っこを摑まれた猫のように項垂れて、哲平は滋と並んで歩いた。

今日はいつもの旧校舎ではなく、体育館の方へ向かって行く。試験期間中で部活も休みなので、今の時期この辺りは生徒も教師もほとんど通らない。

「今朝京介殴ったの、お前か」

人気がなくなったところで、滋はおもむろに口火を切った。哲平は思わず項垂れて、目を瞑《つぶ》る。

「あいつに会ったら左頰が腫れてた。どうしたんだって聞いても何も言ってくんねえからよ」

「滋兄ちゃん……いつ京介に樫井のこと言ったの」

堪え切れず、責めるような口調になってしまう。あの電話をした後か前か知らないけれど、滋が京介に知らせたからこんなことになってしまったのだ。冷静な頭で考えれば滋を責めるのは間違っているとわかっているものの、どうしても言わずにはいられなかった。

けれど、滋は意外な反論をした。

「言っとくけど、樫井とお前のキスを見たのは俺じゃない。京介だ」

「えっ……？」

「京介が俺に教えたんだ。でも、あいつは本人には聞いてないって言うもんだから、俺が直接電話した。その後京介から電話があったから、あいつにもお前が認めたことは教えてやったよ。そういうことだ」

「そ……そうだったんだ……」

思いきり勘違いをしていたことに気づき、哲平はどうすればいいのかわからなくなった。あのキスを見ていたのは、京介だった。そもそも、誰が最初に目撃したのかなど問題ではなかったのかもしれない。

「なんでお前が京介殴ったのかは知らねえけど……なんとなく想像はつくぜ」

「……俺、殴るつもりじゃなかった。だけど、あいつがあんまり酷いこと言うから……」

「そうだろうな。でも、まあ……京介の気持ちもわかるわ。俺も結構ショックでかいんだ」

「滋兄ちゃんが……？」

意外に思って顔を上げると、バツの悪そうな表情で滋は少し目を逸らした。

「決めるのはお前だ、なんて器の大きいこと言ってたけどよ。なんだかんだで、俺も相当お前にハマってたみたいだからさ」

「それは、俺も……ハマってたよ」

「お前の気持ちとは、多分少し違うんだよ」滋はなんと説明しようか迷っている様子で、面倒臭そうに頭を掻いた。「京介も俺と同じなんじゃねえかな。相手が女の子だったらこんだけ悔しかねえけどよ。それによりによって樫井だもんな。俺も京介も、最初から樫井にはムカついてたし」

「ムカついてた？　なんで……」

「あいつ、初っぱなからお前の首に歯形残したりしてたじゃんか」

ああ、とあの遠い日のことを思い出す。実際はそう前の話でもないのに、この数週間で何もかもが変わってしまったせいか、かなり昔の話のような気がするのだ。

樫井に噛みつかれたのは、吉村にフラれた直後だった。これぞ踏んだり蹴《け》ったりといった状況で、哲平は凹《へこ》みに凹んだものだ。

(でも、考えてみたら……あのときも、樫井は俺のこと好きだったってことだよな)

けれど、首にガブリと噛みつかれて好かれているとは思わないのが普通だろう。樫井も、哲平が男とセックスをしているなどと言わなければ、恐らく告白もしてこなかったに違いない。

「だけど、結局お前が樫井を選んだんだから、俺も京介も諦めるしかねえよな。こればっかりは」

「……だってそもそも、遊びだって言ってたじゃんか。選ぶも何も……」

「そりゃあ、な。そういうふうに言わないと、始まらねえこともあったってことだ」

滋は意味深なことを言い残し、「ま、頑張れよ」と哲平の肩を叩いて、去って行った。哲平は人気のない体育館前に一人残され、生温かい風に吹かれながら滋に言われたことや京介の気持ちなどをぐるぐると考えていた。けれど結局答えなどこの場で出るはずもなく、重いため息をついて家路を辿った。

家に帰るなり着替えもせず部屋のベッドに転がり、天井を見上げる。

（いつかこうなることは、わかってたかもしれないのにな）

京介の様子が最初からおかしいのはわかっていた。滋のあの台詞も京介が暴走することを予期してのことだったのかもしれない。この三人の関係を断ち切ろうとすれば、肉体関係を結ぶことはやめられたかもしれない。けれど、決して昔のように元通りに戻れないことはわかっていた――はずだったのに。

（あいつ、今大変な時期なのに……俺、結局、傷つけただけだった）

他の方法があったのだろうか。抜け出したいともがいているときに差し伸べられた樫井の手。そこに救いを求めたのは、間違いだったのか。理由もなくこの関係をやめたいと言って、京介や滋は納得してくれただろうか。もう――よくわからない。

「シャワー浴びるか……」

気づけば、蒸した部屋の中クーラーもつけずにベッドの上でじっとしていたので、シャツが汗で肌に貼りついていた。哲平は着替えを持ってバスルームへ直行した。台所では父親が懲りもせずにラーメンを作っている気配がする。けれど今日は逃げる気力もなかった。

頭の天辺から爪先《つまさき》まで丹念に洗い、汗を流してさっぱりとしても、心の中はちっとも晴れない。部屋に戻ってクーラーをつけ、飲みかけのペットボトルからごくごくと水を飲む。

そのとき、バッグの中で携帯が震える音がした。一瞬ぎくりとして、恐る恐る取り出してみる。すると、そこに表示されていたのは樫井の名前だった。

「もしもし」

ホッとした気持ちが声に出ていたのか、寝ぼけたような調子に聞こえたようだ。

『お前、大丈夫か。具合悪くて寝てたんじゃねえの』

「起きてたよ。今シャワー浴びたところ」

『ふーん。そんならいいんだけどよ』

樫井はぎこちなく口をつぐむ。こういう電話に慣れていないのが、ありありと感じ取れる。

『今日、なんか辛そうだったじゃん』

「それで、心配してわざわざ電話くれたのか？」

『まあ……、お前が元気ねえの、さすがに気味悪いからな』

「あはは。ばーか。似合わねえことすんじゃねえよ」

なんだか恥ずかしくて、思わずからかうようなことを言ってしまう。けれどふと、今日初めて素直に笑えたような気がして、胸に温かいものが満ちた。

「樫井、ありがとな」

『な、なんだよ。別に礼なんか……』

「うん、ただ言ってみたかっただけ」

『なんだそりゃ』

こうして他愛もないやり取りをしているだけで、気持ちが落ち着いていく。まさか、あのしつこくてうざったいだけだった男相手に、こんな気持ちを覚えるようになるなんて思っていなかった。

そのとき階下から、「おい哲平、味見しろ」と催促するいつもの父親の声が聞こえる。

「あ、ワリィ。なんか呼ばれてる」

『おお、そうか。それじゃ明日学校……来るよな？』

「もちろん。また明日な！」

哲平は満たされた気持ちで通話を切った。なんだか今日くらいは父親のラーメンを美味いと言ってやってもいいような気がしていた。

＊＊＊

思わぬ形で、樫井と学校で会うという約束は果たされなかった。

翌日のHRで、昨晩事故が起きたことを知らされた。樫井がバイクに乗っている最中、転倒した。右足骨折の重傷だ。

教室で担任教師からそれを聞かされたとき、哲平は驚いて呼吸をするのも忘れていた。昨日電話が来たのが確か四時頃だ。事故が起きたのは当然その後になるが、あの慎重な運転をしていた樫井が自分から事故を起こすはずはない。

早速友人たちで見舞いに行こうということになり、皆で金を集めてフルーツを買い、ジョークでそこにエロ本も忍ばせた。試験最終日だったので午前中で学校は終わり、昼過ぎにぞろぞろと入院先の病院を訪れた。樫井は不動産業を営む裕福な家の次男坊なので、大部屋ではなく個室に案内された。

すると、もっと重傷患者然としているかと思われた樫井は、案外平気そうな顔でベッドに半身を起こして横たわっていた。

「おー、なんだよお前ら、揃いも揃って」

「樫井！　お前意外と元気そうじゃねえか！」

　さすがに吊られた足は痛々しかったが、顔はほぼ無傷だし、右腕にはいろいろと怪我《けが》をしているようで包帯は巻かれていたものの、皆が想像していたよりも本人はずっとピンピンしていた。

「元気じゃねーよ。これから二ヶ月ギプス生活だ。笑えねえ」

「バカ、命があっただけマシだと思えって！」

「ていうかお前、なんでスッ転んだの？　今まで無事故だったじゃん」

　少し顔を見て帰ろうと示し合わせていた友人たちだったが、樫井があまりにも元気そうだったので、各々椅子を引っ張り出したり病室内を物色したりして好き放題やり始める。

　樫井によると転んだのは猫が急に飛び出して来て慌ててブレーキを踏んだからだそうで、まったく似合わない事故の理由に皆散々笑い者にした。そのとき病室のドアがノックされ、中年の看護師が顔を出し、静かにするようにと注意をされてしまったので、さすがに長居し過ぎたと気づいた彼らはノロノロと帰り支度を始めた。

「じゃあな樫井、また来るわ」

「もう来んなよ、めんどくせえ」

「素直じゃねえなー。またいいもの差し入れに来てやっからよ」

「ん……お前らなんか余計なもん入れたな？」

　チッと舌打ちする樫井の表情に、皆白々しい顔で何も入れてないと首を横に振る。そのやり取りがおかしくて哲平が声を立てないように笑っていると、ふと樫井の視線が向けられた。

「あー、哲平、お前ちょっと残って」

「え？　あ、ああ」

二人きりで少し話がしたいらしい。哲平は少し鼓動を速くしたが、もちろん他の連中はそんなこととは気づかない。

「おいおい、なんだよ。特別な話？」

「あ、お前、もしかして哲平の妹とよりが戻ったのか⁉」

「あの美少女と⁉　ああああふざけんな！」

「お前らうるせえ、病院で騒ぐなバカ！　とっとと帰れっつーの」

最後の大騒ぎをしてどやどやと遠くなって行く足音を聞きながら、樫井はため息をついた。

「マジでうるせえなあいつら。後で絶対なんか言われるわ、俺」

「っていうか……意外だよ、こんなヘマしてさ。お前結構安全運転だったのに」

実際何度か樫井の後ろに乗っている哲平は素直にそう言った。すると、樫井はふと暗い顔つきになり、唇を噛む。

「まあ、お前には正直に言うけどさ……俺が自分で事故ったわけじゃねえんだ。一応、警察にもう言ってあんだけどよ」

「警察って……なんだよ、それ」

突然出てきた物騒な言葉に、哲平は息を呑む。樫井は言おうかどうかやや躊躇している様子で、しばらく黙っていたが、やがて決心がついたように口を開いた。

「バイクで走ってる最中、男に襲われた。左の肩、鉄パイプみたいなもんで殴られて、こっちもヒビ入ってんだ」

「え……!?」

事故ではなく、事件だった。樫井は自分で事故を起こしたのではなく、れっきとした被害者だったのだ。

「こんなこと、カッコ悪過ぎて誰にも言いたくなかったんだけどよ……お前にだけは言わねえと、と思って」

「俺に……?」

それは、特別な関係だから、ということだろうか。そんな甘い予想は、樫井の衝撃的な言葉で破られた。

「お前と関係してたあの男かもしんねえ」

「!?」

ゾクリ、と肌が粟立《あわだ》つ。

「な、なんでそう思うんだよ……」

「花岡哲平に近づくな。……そう言われた。ヘルメット被《かぶ》ってやがって、顔は見えなかった」

それは、あまりにも決定的な言葉のように思えた。そんなことを言う男は、限られている。

「そう言われたことは警察にも言ってねえよ。お前が困ると思ってさ。だけど頼むからマジで気をつけろよ。俺はしばらくこんな有様で動けねえ。絶対そいつには近寄るな」

「あ、ああ……わかった」

未だショックから立ち直れず、哲平は現実感のない頭で小さく頷いた。

脳裏に、幼なじみ二人の顔が浮かんでいた。

＊＊＊

――樫井が、襲われた。

樫井の証言と時期を考えてみても、確実にあの二人のどちらかだと考えざるを得ない。

帰宅後部屋に籠り、哲平はベッドに突っ伏し悶々《もんもん》としていた。

(なんでこんなふうに、あいつらを疑わなきゃいけないんだ)

それが嫌で堪らなかった。けれど同時に、恐ろしくて堪らない。少なくとも、京介に関してはやりかねない雰囲気だったかもしれない。普段は温厚で丁寧な言葉遣いしかしない京介に、酷い暴言を連発されたので思わず殴ってしまったが、つまりそれだけ追いつめられていたということなのだろう。

正直、滋に関しても無実と言い切れるだけの自信がなかった。今までは本当の兄のように思っていたけれど、三人の関係を結んでからは滋の言うことは曖昧で意味深なことばかりで、本心が摑めなかった。

それにしても、樫井に怪我を負わせるというやり方がよくわからない。こうして会ってしまえば「花岡哲平に近づくなと言われた」と話してしまうのは明らかだし、そうなれば哲平が疑うのは二人しかいなかった。そうなるのがわからないほど愚かな二人ではなかったし、二人を疑っているのに彼らの元へ戻るほど哲平もバカではなかった。

「もうワケがわかんねーよ……！」

苛立ちのあまり声に出して吐き出す。こんなことをするような二人じゃない。誰よりもそれを知っているのは自分自身じゃないか。そう強く言い聞かせるが、他に思い当たる人物などいないことが、哲平を苦しめている。

「マジで、どうすりゃいいんだ……」

こうなったら、直接聞いてみるしかないのだろうか。樫井は気をつけろと言ったが、まさか万が一どちらかが犯人でも、哲平本人にまで危害は加えないだろう。そう思うのは甘過ぎる、と考える自分も確かにいるが、しかし他に真実を明らかにする術《すべ》はないように思えた。

（やっぱり、話してみるしかない）

そう決意し、立ち上がったそのとき。

「お兄ちゃん！」

ノックもせずに突然麻衣子が部屋に入って来た。さすがに哲平は飛び上がって驚く。

「な、なんだよ、いきなり」

「家の前に、変な人がいるの……！」

「——変な人？」

麻衣子の怯えように胸がざわめく。父親はまだ会社から帰って来ていないし、母親は買い物に行っている最中だ。哲平はベッドから立ち上がり道路に面した窓を開けた。すると、確かに玄関の前に黒い半袖《はんそで》パーカーを着たひょろりとした見知らぬ男が立っていた。サングラスをしている上に夕暮れの薄暗い中で顔はよくわからない。

男はすぐに哲平が窓を開けたことに気づいたようで、足早に去って行った。

「なんだ、あいつ……」

「気持ち悪いよ……どうしよう、警察に届ける？」

「ただ家の前に立ってたってだけで届けられるかよ」

こんなことは今までなかっただけに、哲平も不安になる。樫井の事件があった後なので、さすがに見過ごせないような気がした。ふと、あの男を追いかけようかという考えが頭を過《よぎ》ったが、すでに通りからその影は消え失せている。

「なんか嫌なことばっか起きるな……」

「え、お兄ちゃん、他にも何かあったの」

「ああ、まあな……」

ふと、樫井の件を麻衣子に言おうかどうか迷った。一応以前付き合っていたのだし、喧嘩別れをしたわけでもなさそうなので言っても問題はない気がする。

(そう言えば、俺、昔妹と付き合ってた奴とヤっちゃったのか)

今頃そんな事実に気づき、複雑な気持ちになった。あのときは麻衣子のことなどまったく考えていなかったが、この状況を客観的に見てみると、昼ドラ並みの捩《ね》じれた関係かもしれない。

「お前、一応これから気をつけろよ。暗くなったら一人で出歩くな」

「う、うん……お母さんたちにこのこと言った方がいいよね」

「まあ、そうだな。一応な」

なんとなく、あの男は樫井の件とは無関係のような気がした。もしも犯人ならば自分が男を知らないはずはない。「花岡哲平に近づくな」と犯人は言ったのだから。そしてもしも本当にあの男が無関係ならば、もう自分の前に現れることはないだろう。家の前にいたのは、ただの偶然だ。少し気にかかる何かでもあって、立ち止まっていただけだろう。なぜなら、こうも同じ時期に事件性のあることが続くとは、哲平には思えなかったからだ。

＊＊＊

けれど、哲平は早々に自分の考え違いに気づくことになった。その日から出歩く度に、誰かにつけられているのを感じるのだ。一定の距離を保ってついて来るのはやはりあの家の前にいた男のように思えた。

（なんなんだ、あいつ。樫井を殴った奴とはまた別なのか）

思いあまって、男に詰め寄って何か用かと聞いてやろうかと、自ら男の方へ向かって行ったこともあったが、そうすると相手は逃げてしまう。いつの間にか、背後から気配が消えている。

樫井に男の特徴を聞きに行こうかとも思ったが、怪我をしている友人に余計な心配はかけたくない。第一、まだ襲われてもいないのだ。襲われてからでは困るのも確かだが……。

一方、京介を殴ったあの日から、二人は一言も口をきいていなかった。滋とは会えば挨拶や軽く世間話などもするが、やはり京介を前にすると哲平は何も言えなくなってしまうし、京介もあまり哲平と顔を合わせたくない様子で、するりと避けるように通り抜けて行ってしまう。

そんな状況の最中、ショッキングなニュースを運んで来たのは、意外にもあの吉村だった。

「ねえ、哲平。和泉君、アメリカに行っちゃうってホント？」

「えっ」

二時限目が終わった休み時間、一ヶ月ほど前に少しだけ付き合っていた吉村美樹が、ぞろぞろとクラスメートの女子を引き連れて、他の友人たちと喋っている哲平の元へやって来た。

あまりにも突然だったので、哲平はすぐには返事ができなかった。というよりも、その答えを知らなかったのだ。

「俺はわかんねえけど……なんで？　どっから聞いたの、それ」

「噂なんだけど、和泉君本人が言ってたみたいよ。今学期がこの学校で最後だって」

「マジかよ。……俺、最近あいつと会ってねえし、聞いてないな」

未だ頭が混乱していて状況が摑めない。すると、他の女子が「幼なじみじゃなかったの？」「哲平使えねー」などと好き放題文句を言う。けれどそんな言葉も哲平の耳には入って来なかった。アメリカという情報のショックが大き過ぎて、しばらくまともにものを考えられなかった。

（でも、冷静に考えてみたら、全然有り得る話だよな）

京介の母親が真剣に付き合っているという恋人はアメリカ人らしい。再婚も視野に入れているのなら、恋人が国に帰るとき一緒に行ってしまうのが自然な流れだろう。京介はほとんど家に帰って来ない父親を昔から嫌っていたし、母親のこともよくは思っていなかったと思うが、ついて行くなら母親の方かもしれない。そうすると、京介がアメリカに行ってしまうという話は、恐らく本当なのだろうと思えた。

(だけど、今学期が最後なんて早過ぎる……)

まだ仲直りもできていないのに、最悪の場合喧嘩した状態のまま京介は海の向こうに行ってしまうのだろうか。そんなの嫌だ、と思うけれど、きっかけが掴めない。けれど、いつまでもこんな気持ちのままでは前に進めない。

そんなふうに悩んでいる間に、すぐに放課後がやってきてしまう。京介はもう学校を出てしまっただろうか。

(今日も京介、予備校だよな……)

哲平もバイトが入っていたが、京介が終わるのと同じ頃に引けるはずだ。それならば、京介の予備校の前にでも行って捕まえようか。未だに躊躇する気持ちが強いけれど、ここで踏み出さなければずっと動けないような気がする。

哲平は一大決心をして、立ち上がった。今日こそ、京介と話そう。そう頭の中で何度も呟いて、今にも逃げ出したい気持ちを奮い立たせた。

＊＊＊

京介の通っている予備校は哲平のバイト先の最寄りの駅から二駅しか離れていなかった。道路を挟んで向かい側にあるコンビニの前で待っていたが、ぞろぞろと出てくる様々な制服を着た生徒たちの中に京介の顔はない。

(早めに着いたのに……まさか俺が京介を見逃すことなんて有り得ないし)

そう思いつつも不安になってくる。四十分も待っていると、予備校の正面玄関からは生徒は一人も出て来なくなってしまった。すると、そこへ追い討ちをかけるように雨がパラパラと降り始めた。

「げっ……マジかよ」

今日の予報は曇りのはずだったが、ゲリラ豪雨というやつだろうか。雨脚はどんどん強くなり、今日に限って傘を持っていなかった哲平は、慌ててコンビニの屋根の下に飛び込んだ。

すると、その瞬間。背後から伸びた手に抱き込まれ、横の路地裏へ連れ込まれた。あまりにも唐突な展開に、哲平は脚をもつれさせ、不審者に引きずられるような格好で顔を壁に押しつけられた。瞬時に、哲平は悟った。こいつは、最近自分をつけ回していたあの男だ。

「抵抗するなよ。お前の脚も折ってやろうか?」

耳元に口を押しつけられ、寒気のするような声で囁かれる。膝の辺りに硬いものが当てられた。何か鉄パイプのような棒状の金属だ。しかし恐怖よりも、哲平はその男の台詞にハッとした。

（こいつ……まさか、樫井を襲った奴か⁉）

お前の脚も折ってやろうかと言った。やはり、樫井の事件と無関係ではなかった。しかし、樫井の予想とも自分の予想とも、その犯人は違っていたのだ。

男はハアハアと荒い息を繰り返しながら、笑いを含んだ声で喋り続ける。

「お前と樫井が一緒にラブホ入ってくの見たんだよ……お前は俺がずっと目ェつけてたってのによ」

「っまえ……誰なんだ……っ」

「樫井の野郎にはずっとムカついてたんだ……あいつに殴られたこともあったしな……でも一緒にいるお前のことは気に入ってた……ヤりたいと思ってずっとチャンス狙ってたのによ……お前は、あいつと……」

哲平の問いかけは無視して一人で興奮しながら話している。尻に押しつけられるものが男の勃起したものだと悟って、哲平は悪寒に震え上がった。

哲平はこの男のことを知らないと思っていた。けれど、相手は哲平のことを知っていたらしい。しかも、恐ろしい動機で哲平を観察していた。そして、樫井とラブホテルに入る現場を押さえていたのだ。

必死で男から逃れようと暴れるが、信じられないほど強い力でまるでビクともしない。すぐそこにコンビニもあるというのに、予備校から出てくる生徒もあらかた途絶えた今の時間帯、ここはほとんど人通りもなく、しかも今はどうどうと降り注ぐ豪雨の音に紛れ、きっと叫んでも誰も気づいてくれない。

まさに絶体絶命の状況だった、そのとき。

「おい、そこで何……」

豪雨の音に混じって、誰かの声が聞こえる。自分を押さえつけている男が動揺し、力が緩むのがわかる。すると声の主が駆け寄ってくる気配がした。

「テメエ、何やってんだ！　人を呼ぶぞ！」

「チッ……」

とうとう、男は哲平を打ち捨て、脱兎の如く走り去った。どん、と体のぶつかり合う音の後に、ばしゃばしゃと水たまりを踏んで逃げて行く音が遠くなっていく。

哲平はそのまま地面に崩れ落ち、呆然としていた。未だドクンドクンと不吉に騒ぐ胸の鼓動が収まらない。すると、グッと力強い手に肩を抱かれた。

「哲平、大丈夫か⁉」

「滋、兄ちゃ……」

意外にも、そこにいたのは滋だった。自分は夢でも見ているのかとずぶ濡れになって垂れた前髪の奥からその顔を凝視する。

「どうして、ここに……」

「話は後だ、とにかく行くぞ」

滋は哲平を抱き起こし、開いたまま転がった傘を拾って歩き出す。哲平はワケがわからなくなっていた。なぜ、京介を待っていたのに、現れたのは滋だったのだろう。どうして京介はいなくて、いるはずのない滋がいるのだろう。

疑問は後から後から湧いてくるが、今は冷静にものを訊ねられそうな状態ではなかった。哲平は滋に抱えられ、予備校の駐車場に停めてあった滋の車に乗せられ、運ばれるままに武田家へ入ったのだった。

＊＊＊

雨に打たれずぶ濡れで泥まみれだった哲平を、滋は強制的にバスルームへ押し込んだ。熱いシャワーを浴びながら、しばらく哲平は闇雲《やみくも》に情報の欠片《かけら》を集め合わせようとしていた。

（樫井を襲ったのはあの男で……俺をつけ回していたのもあの男だった）

その動機は男自身がベラベラと喋っていたが、何を言っているのか理解できなかった。哲平には共感のできない思考の持ち主だったのだ。しかし、そこから導き出される答えに、哲平は安堵《あんど》のあまり、膝が萎えそうになった。

(京介と滋兄ちゃんじゃ……なかった)

そう、あの二人は犯人ではなかったのだ。あの男が樫井を襲った日と樫井と付き合っていることがバレたのが同じ時期だった、というだけのことだった。哲平の中でずっと疑問だった「花岡哲平に近づくな」という台詞もこれで説明がつく。

バスルームから出ると、着替えが出されていた。長めの白いシャツが一枚だけだ。横で回っている洗濯機の中で、哲平の着ていたシャツやトランクスが回っていた。

とりあえずそれを着て、バスルームから顔を出す。

「滋兄ちゃん、上がったよ」

「おう。大丈夫か。怪我とかしてねえか」

「うん、平気……」

滋はテーブルの上に二人分のホットミルクを置き、哲平に座って飲むように促す。この情けない格好のままうろつくのは嫌だったが、洗濯が終わるまでと我慢して言われるままに腰を下ろした。すぐに膝の上にリンが飛び乗るが、裸の脚にふわふわの毛がくすぐったい。

「あのさ……なんであそこにいたの」

ホットミルクを飲みながら一息つくと、ようやくずっと聞きたかった言葉を口にできた。

温かな感覚がほんわりと胸に満ちて、自分が助かったことを実感する。あの場を滋が救ってくれたことに本当に感謝しているが、そもそもなぜあそこにいたのかがずっと疑問だった。

「京介迎えに行ってた」

するると、滋はため息をつきながら意外な理由を打ち明ける。

「え……？　滋兄ちゃんが？」

「ああ。おばさんに頼まれてな。あ、京介の母さんな」

なぜ、京介の母親が滋にそんなことを頼むのか。問いかける前に、滋はつらつらと京介の事情を説明し始める。

「最近全然家に帰って来ないんだと。いろいろ話し合いがしたいから、ってメール打っても電話しても応答ナシなんだそうだ。それで、俺は幼なじみだし、学校の先生だしってことで、派遣されたわけ」

「……京介、家に帰ってなかったのか」

「俺も詳しい事情は全然わかんねえんだよ。学校で聞いてもはぐらかされてさ。仕方ないから待ち伏せしてた。取っ捕まえたらここにでも強制連行して話聞くつもりだったよ。だけどなかなか出て来ないんで、腹減ってコンビニで何か買おうとして車出たら、あの現場に遭遇したってわけ」

「そうだったんだ……」

そうすると、今日は偶然にも幼なじみ二人が京介を待ち伏せていたことになる。滋は車の中で待機していたのだろうか。そのときは反対側の道路にいた哲平には気づかなかったようだ。

「だけどあいつ、今日はこっちに来ると思うぜ。メール打っといたからな」

「え……どういうこと?」

すると、まさにちょうどいいタイミングでインターフォンが鳴った。「お、早速来たな」と滋は席を立ち、玄関に向かって行く。リンも元気よく吠えながら、哲平の膝から飛び降りその後を追った。

そしてドアが開いたと思ったら、京介らしからぬ慌てた声がこちらまで響いてきた。

「て、てっちゃんは⁉　てっちゃんはどこなの⁉」

「おい、落ち着けよ。リビングにいるよ」

どどどと廊下を走る音がして、ギャグ漫画のように眼鏡のずれた京介が登場する。

「ああ、てっちゃん……!」

哲平を見た途端、顔を泣きそうに歪めて駆け寄り、がしっと狂おしげに抱擁する。

「よかった、無事で……どこも傷ついてない? 何されたの? どこ触られたの?」

「お、おい、大丈夫だって、京介……」

あまりにも久しぶりに会話を交わしたというのに、相手がこんな状態では緊張も何もなかった。ただ宥めるのに必死で、今まで散々躊躇していたというのに、そんなことが馬鹿馬鹿しくなるくらい、今まで通りの会話をしていた。

「滋兄ちゃん、なんてメール送ったんだよ？」

「いや、そのまんま。『哲平が襲われた。俺が助けてうちにいる』って」

「いや、確かにそのまんまなんだけど……」

いろいろと言葉が足りない気がする。京介が取り乱してしまうのもわかる気がした。

「京介、俺大丈夫だよ。何もされてない。される前に滋兄ちゃんが助けてくれたから」

「そ、そうだったんだ……よかった」

「うん。……心配かけて、ごめんな」

間近で見上げると、京介の目はまだ涙で潤んでいた。そんな顔を見てしまうと、今まで疑いの目を向けていたのが酷く申し訳なくなる。

（そうだよ、京介はそんなことができるような奴じゃなかったのに。滋兄ちゃんの性格だって、人を助けても、襲うなんてことあるはずないのに）

樫井の事故の真相を知った直後は、京介と喧嘩をしていたこともあって、酷く不安定な心情だった。だから、信じられるはずのものも信じられなくなっていたのだ。

「京介もそこ座れ。お前にも聞きたいことがあんだよ」

滋は京介の前にもホットミルクの入ったマグカップを置き、席を勧めた。京介は安心したためか大人しく席につく。リンは滋の膝の上に乗り、頭を撫でられ満足げにくうと鳴いた。

「お前、ここしばらく家に帰ってないんだってな。どこにいたんだ」

「彼女の家だよ。今日も一緒に帰る予定だった」

「彼女って……予備校のか。まだ付き合ってたのかよ」

滋がどこか呆れたような顔をすると、京介は少し苦笑する。

「まあ……ここであいうことするようになってからは、ずっと疎遠だったんだけどね。いろいろ状況が変わったから」

「なるほどな。それでいくら待っても生徒のグループでは出て来なかったわけだ」

哲平も京介がなかなか現れなかった理由を把握した。予備校の講師が彼女だとは聞いていたが、まさかそのまま一緒に帰る予定だったとは知らなかった。それならば、生徒がすべて帰った後、仕事の片づけをして出てくるのだから、普通に帰宅する生徒たちよりも遅くなる。

「っていうか、なんで彼女の家に泊まってばっかなんだよ、お前」

滋はそこがいちばん知りたいというように身を乗り出した。京介は俯き、マグカップから立ち上る湯気を見つめる。

「今家に帰るとさ……母さんがうるさいんだ。こっちに来いこっちに来いって。父さんは父さんで、こういうときだけ親権を争うとか言っててさ。面倒臭いよね、未成年って」

「お前……アメリカに行くって決まったわけじゃなかったの？」

哲平は思わずそう訊ねた。今日、吉村たちにそのことを聞かされたばかりだったのに。

「それは母さんが勝手に学校側に申し入れてただけだよ。それで父さんとも喧嘩になった。まだ決まったわけじゃないんだ」

「そ、そうだったのか」

噂は所詮《しょせん》噂だったようだ。哲平はホッとした。やはり、アメリカは遠過ぎる。けれど安心すると、今度は愚痴が言いたくなってしまった。

「でもさ、京介なんで今まで親のこと話してくんなかったんだよ。滋兄ちゃんだって知ってたのにさ……」

何よりも哲平が寂しかったのは、京介が悩みをまるで打ち明けてくれなかったことだった。京介はじっと哲平を見つめ、戸惑いの表情を浮かべている。けれど、何も言わずに視線を落としてしまう。

「あー、もう、焦れってえな」

もう我慢の限界というように、滋が舌打ちする。

「だからさ、京介がお前の失恋にかこつけて無理矢理この関係に持っていったのも、あと少しでお別れかもしんねえと思ったからだろ?」

「え……」

「や、やめてよ。滋兄」

京介の顔が沸騰したようにぱっと赤くなる。けれど滋は京介の訴えを無視して捲し立てた。

「こいつはとんでもねえ臆病者だよ、哲平。体だけでかくなったけど、中身は全然変わっちゃいねえ。お前のことがずっと好きで堪らなかったのにずっと言えなくて、いよいよアメリカに連れて行かれるかもしんねえってなって慌ててよ。それでも告白する勇気なんざなくて、酒の勢いに任せて体の関係だけでも結んじまおうって腹だったんだろ？　遊びだってこと強調するために俺まで巻き込んでさ」

「あ……、え？　あれ？」

一気にいろいろなことをぶちまけられて、哲平は目が回りそうになる。

「だからつまり、京介はお前のことが好きなんだよ。遊びだ遊びだ言ってたのは、こっちが真剣だってわかって、お前が逃げちまうのが怖かっただけだ」

「……滋兄……」

京介は恨めしげに滋を睨みつけた。当の滋は清々した顔をして、鼻で笑って京介の視線を受け止めている。

「京介、そうなのか……？」

言ったのは全部滋だったので、それが本当の京介の気持ちだったのか計りかねた。

「お前、遊びじゃなかったの……？」

「――――そうだよ」

やがて、観念したように京介は肯定した。

「俺、てっちゃんのこと好きだった。でも言えるわけないじゃん……てっちゃんは女が好きとかそれ以前に全然恋愛とかわかってなくてさ。だから、吉村と付き合い始めたって聞いたとき……すごく嫉妬してたんだ」

「嫉妬って……まあ結局さっさとフラれたけどな」

「だからチャンスだと思ったんだ。最後の」

息苦しそうな表情で、京介は俯く。

「心は絶対に俺のものにならないって思った。だから、体だけでも、って……」

「……なんかよくわかんねえ」

哲平は大きなため息をつく。京介は叱られた犬のような顔で哲平を見つめた。

「だって、てっちゃんは何も知らなかったから……刷り込みみたいに、最初に抱いちゃえば気持ち悪いって思わないかなって」

「お前は俺をなんだと思ってんだよ」

苛ついて、思わず声を荒らげる。滋の膝の上のリンがその剣幕にびくっと反応した。

「体だけ欲しいなんて、そんな失礼なことあるかよ。真っ正面から好きって言われた方がずっと嬉しいだろうが！　俺は、そういう遊びの関係が辛くて、だから、樫井に……」

と、言いかけて、口をつぐむ。ここで樫井の名前を出すのは卑怯かもしれないと思った。

今思えば、樫井との関係は当てつけの気持ちから始まっていた。遊びでするセックスが耐えられなくなっていったのは、そこに心がないのが辛かったからだ。それはつまり、愛のあるセックスがしたかった。哲平は愛情がないのに体だけが快感を求めていくことに、罪悪感を感じていたのだ。

「樫井とは……樫井がてっちゃんに告白とかしたから、てっちゃんは受け入れたの？」

京介が暗い声で、わずかに詰問するような調子で訊ねる。一瞬答えるのに躊躇したものの、ここまで京介も滋も話してくれたのだから、自分も正直になるべきかもしれないと思った。けれどその反面、樫井に申し訳なさが募る。まだ受け入れたわけではないと本人にも伝えているとは言え、完全に相手を利用した形になる。一方で、樫井に告白されてから徐々に好意が高まっていったのも事実だ。

これは最初、吉村美樹に罰ゲームで告白したときもそうだった。元々は特に恋愛感情を持っていたわけでもないのに、自分を受け入れてくれたとわかった途端に、好きになってしまった。つまり、哲平は自分の気持ちというものがあまりないらしい。相手に左右されてしまうのだ。

「俺って、本当に流されやすいし、惚れやすいんだと思う」

ぐるぐると考えた結果、なぜか反省文のような台詞が漏れる。

「吉村もそうだったし、樫井もそうだった。俺なんてバカでチビでなんの取り柄もないのに、好きになってくれるってすごいじゃん。受け入れてくれただけで、いい奴だって思うんだよな、多分」

「お前……なんか可哀想な奴だなあ」

滋に憐《あわ》れみを込めた目で見られ、哲平はますます自分の流されぶりが悲しくなった。

「樫井のことは……それまでなんとも思ってなかったけど、俺この三人の関係に悩んでて……そこであいつが好きって言ってくれたから、これで抜け出せるって思ったんだ。だから」

「そんなに嫌だったの?」

遮るように呟かれた京介の言葉に、どきっとする。傷ついたような顔を見ているのが辛くて、慌てて弁明する。

「い、嫌っていうか。辛かったんだよ。遊びって言われて、恋愛してもいないのにセックスして。俺、こういうのってもっと愛を育む行為っていうか……なんか、そういうイメージ持ってたから」

「じゃあ、愛があったらいいの?」

まるで新しいことを覚えようとする子供のようにひとつひとつ確認していく京介に、哲平は不思議な気持ちがした。これまでが強引だったので、昔の京介に戻ったような気がする。

「そりゃ……もちろん。その方が、幸せだろ」

「じゃあ、俺たち問題ないじゃん。なあ、京介」

滋が問題解決とでもいうように爽やかに笑う。

「俺も京介も哲平が好きなんだからさ。遊びなんかじゃねえよ、あれはただの方便だったんだし」

「……滋兄も？」

京介は瞠目《どうもく》して滋を見た。滋は飄々《ひょうひょう》として、

「そうだよ。そりゃ最初はお前に巻き込まれた感じだったけど、哲平がなんだか可愛くなってきてさ。樫井のことではっきりしたけど、俺は哲平を俺のもんにしたかったんだよ。今まで歳の離れた弟みたいなもんだと思ってたけど、歳の離れた恋人ってのもいいじゃん？」

などと言ってニヤニヤしている。

「だからお前は安心してアメリカに行っていいぜ、京介。哲平は俺が幸せにしてやるからよ」

「な、何言ってんだよ！　絶対アメリカになんか行かないよ！」

京介は顔を真っ赤にして声を張り上げた。

「俺は日本に残るんだから。父さんは嫌いだけど、自分で稼げるようになるまでせいぜい養ってもらうよ。だからてっちゃんは絶対滋兄には渡さないから！」

「おいおい、勝手に巻き込んどいて、用が済んだら御役御免ってそりゃないんじゃないの」

外国人のように両手を上げて肩を竦める。完全に京介の反応を見て面白がっている。

「大体お前は抱き方に余裕がねえんだよ。他の女に対してもそうなのかは知らねえけど、お前が突っ込むと哲平辛そうじゃん。俺の方が優しく抱いてやって気持ちよくしてやれるんだよ」

「滋兄のはオヤジのやり方なんだよ！　ねちねちいやらしく攻めてさ、長けりゃいいってもんじゃないだろ。てっちゃん最後の方ぐったりしてんじゃんか。それに乳首弄り過ぎ！」

「いいじゃんか乳首！　お前こそ哲平の精液飲み過ぎなんだよ。その後のキスなんて青臭くて味わえたもんじゃねえぞ。ていうか哲平は乳首相当好きだぜ。胸弄ってるだけで射精すんぞこいつ」

「だからやり過ぎなんだよ！　最近シャツの上からもてっちゃんの胸乳首の形わかっちゃうの知ってんの？　これ以上樫井みたいに変な気起こす男増えたらどーすんだ！」

当の本人を前にして言いたい放題の二人に哲平は呆然とした。そしてハッと自分の乳首を見て青ざめる。まさか服の上からでもわかるほどになっていたとは気づかなかった。

「ていうか所詮はものの形とか大きさじゃねえの？　お前のはスタイリッシュだけど哲平にとってはどうかねえ」

「滋兄のふてぶてしい形も別によくなんかないと思うよ。ホント性格が下半身に表れてるよね」

「お、言ったな？　そんじゃ、哲平にどっちがいいか判定してもらおうじゃねえか」

「そんなこと言っちゃっていいの？　てっちゃんは絶対俺を選ぶよ。ねえ、てっちゃん」

「へ？」

乳首の大きさに気を取られている内に、話はとんでもない展開を迎えていたようだ。哲平はぽかんとして二人を見つめるが、その目はすでにギラギラと猛っていて宥められそうにない。

「え……、い、いや、なんでそうなっちゃうの？　俺、そういうことならもう帰る……」

「だめだよ」

京介の手がぐっと哲平の二の腕を摑む。

「てっちゃん、愛のあるセックスならいいんでしょ？　今まで遊びって嘘ついて抑えてきたけど、もうそんなことしない。ちゃんと抱いてあげるから」

「いや、そういう問題じゃなくてさ、ほら、樫井のこととか」

「樫井？　哲平、お前本当は樫井とヤっただけで付き合ってないんだろ？」

あまりにそのものズバリの指摘にギクリとする。バカ正直にそれが顔に出てしまったようで、「やっぱりな」と滋は笑った。

「滋兄ちゃん、なんでそんなこと……」

「お前と樫井の性格考えたらそうじゃないかって思ったんだ。お前は仮にも俺らと関係してて、それを終わらせない内にちゃんと付き合えるような奴じゃねえし、樫井もそれならお試しみたいに体だけ、ってなるんじゃないかなってさ」

「う……」

的確な推理にぐうの音も出ない。滋は明るくて人なつこくて、タイプ的には自分と同じだと思っていたけれど、勘がなかなかに鋭い。これが年の功というものなのか……、と本人に言ったら傷つくだろうか。

「え、なんだ、てっちゃん樫井と付き合ってるわけじゃないんだ。なら尚更いいじゃん」

「だ、だけど……」

無理矢理ことを進めようとしている二人に慌てる。洗濯機の音に耳を澄ませると、どうやら乾燥も終了したようだ。さすがに下半身素っ裸で飛び出すわけにはいかないので、ここから洗面所まで走って中のものを取り出して――などと考えている内に、ふわりと背後から布のようなものを目の上に巻きつけられる。

「な、何⁉　何やってんの⁉」

「目隠し。こうした方が体の感覚に素直になれるだろ？」

後頭部でぎゅっと結ばれる感覚がして、驚いて外そうとした手を捕らえられ、終いには手首まで柔らかな何かで一括りに縛められる。

「嘘……、な、なんでここまですんの？　なあ、解けよ」

次第にこの異常な状況が怖くなってきて、哲平は震え始める。けれど二人は何も言わない。誰かがそんな哲平を優しく抱き、膝裏に手を入れて軽々と抱きかかえた。ここで落とされでもしたら堪らないと、哲平は身を縮こまらせる。自分を抱えているのは恐らく滋だ。密着した肌から体温の高さが伝わってくる。二人と交わる内に気づいたことだけれど、滋は体温が高く、京介は低かった。体育会系と理数系の違いだろうか、などと思ったものだ。

滋は哲平を抱いたまま階段を上り、どこかの部屋に入って、哲平の体を柔らかなものの上に横たえた。ピッと音がして、クーラーがつけられたらしく、ひんやりとした風が吹いてくる。シーツらしきものから滋の体臭とウッディ系の香水の香りがするので、ここは恐らく滋の寝室なのだろう。

とりあえず体がどこかに着地したことにホッとしたが、拘束された手を頭上に掲げられ、どこかに繋がれてしまい下ろせなくなる。するとシャツのボタンを外され、開かれたと思った途端に、両方の乳首に二つの口が同時に吸いついて来た。

「あっ、あ!」

誰がどちらを吸っているのかわからない。肌に触れる髪の硬さや長さを考えればわかりそうな気もするが、そんな冷静な判断をする余裕もなくなっている。ずるずるじゅるじゅるとわざと音を立てて吸われ、勃起した乳首に舌を巻きつけ扱かれたり、甘噛みされたり、舌先で左右に跳ねられたりして、その間にも二人の手は哲平の肌の上を這い回り、そのくせ勃起した陰茎には触れられず、哲平は自分で触れることもできずに太股を切なげに擦り合わせる。

「ん、う……、ふ」

唇が上の方に移動し、優しく哲平の唇を吸う。歯列を割って入り込む舌に粘膜をなぞられ、腰が震えた。ふわりと石鹸の香りがするのと、唇が少しぽってりしているので、今キスをしているのは京介だ。と思うのと同時に、下腹部を熱い口に含まれる。

「あっ、うんぅ、ふ、は、あ……」

喉の奥まで頬張られる感触。先端が絞られ擦られて、一気に射精欲が高まる。同時にジェルをたっぷりと絡めた指が後ろにぬうっと入って来て、覚えのある感覚に哲平は思わず腰を浮かせた。

「ひ、ああ、は、あっ」

前をキャンディバーのようにしゃぶられながら、直腸の粘膜を撫でられて、哲平は呆気なく一度目の射精をした。尿道の中に溜まった精液まで吸い取るように絞られ、ビクビクと大きく腰を跳ねさせる。すでに出したにも拘らず、尻の中を弄られ続けているとずっと漏れているような感じがする。快感が大きくなるほどに中のしこりが大きくなっているのではないかと思うほど、撫でられる感覚が鋭敏になっていく。

二人とも無言で、はあはあという興奮した荒い息遣いだけが聞こえてくる。哲平だけが切羽詰まった喘ぎ声を漏らし、ベッドの軋《きし》む音と尻の奥で鳴っているクチュクチュという音だけが室内に響いている。

やがて、ぬちゅ、と音を立てて指が引き抜かれた。ぽっかりと開いた口がひくひくと開閉し、すでに何本か指を入れられていたことを悟る。

「てっちゃん、どっちがどっちだか当ててみてね」

「え……」

何を言われているのか一瞬わからなかった。するとすぐに脚を抱え上げられ、剝き出しの尻にぐっと硬いものが当てられる。

「は、あっ、んあああっ！」

ずぐりと男根を突き入れられ、太いものをみっちりと直腸の奥まで埋められて、哲平は衝撃に悲鳴のような声を上げた。同時に唇にもうひとつのものを押し込まれ、わけもわからぬままそれを頰張る。

「んぶ、んむう、ふ、はあっ、う、ふう」

尻に入っているものはしばらく中の感触を楽しむように、腰を回しながらゆっくりと出し入れされる。粘度の高いジェルがぐっちゅぐっちゅといやらしい音を立て、中のぷりぷりとしこったものを太い男根で擦られる度に、目の奥で白い閃光《せんこう》が弾けた。口を犯すものもあまりの大きさにえづきそうになるが、快感に蕩けた頭で夢中で頰張っていると次第にその息苦しさにも興奮するようになっていく。

「ぐうっ！　んく、ん、は、あひ、は、あっあ‼」

肛門を穿《うが》つものが次第にその動きを激しくしていく。ごりごりと熟れた粘膜を擦られ、捲り上げられ、哲平は太いものに喉の奥まで犯されながら動物のように鳴いた。

（どっちが、どっちかなんて……わかんねえよ！）

京介に当ててみて、と言われたものの、何もかもぐちゃぐちゃでよくわからない。以前は二人の特徴を摑んでいると思っていたのに、間に樫井との行為が入ったせいか、数日間が空いたせいか、それとも二人が今までとはやり方を変えたせいなのか、理由は不明だがどちらがどちらか、哲平には見当もつかなかった。

それにしても、こうして目隠しをされ、手首を拘束され、無言で二人に犯されていると、相手がよく知った幼なじみなのにも拘らず、見知らぬ男たちに蹂躙《じゅうりん》されているような、不安と恐怖、そして恐ろしいほどの興奮があった。

腹に広がる温かな感触は、自分の垂れ流した精液のせいだろう。かつてないほどの快感に、哲平はただ泣きながら喘ぐ玩具のようなものになり下がった。

「うう！　あ！　あ！　ん、うあああ‼」

射精が近づいたのか、二人が同時に激しく動き出す。滅茶苦茶に上下の口をかき回されて、全身の毛穴が一斉に開いたように、ぶわっと絶頂の汗が噴き出した。

「ひぃ、あ、ううう‼」

快感の熱風が下腹部から爆発し、体中を舐め上げていく。死んでしまいそうな極みに放り投げられ、その瞬間、ずごずごと中を犯していたものが引き抜かれ、その衝撃で自らの陰茎からびゅっと何かが迸《ほとばし》るのを覚えた。同時に顔と腹に温かな生臭いものが滴るのを感じ、二人とも射精したんだとわかった。

「あ……すごい。てっちゃん、ちょっと失禁しちゃったね」

荒い息の下で、京介が笑う。

「え、マジかよ。ははっ。すげえな……三人でやるのは久しぶりだもんなあ、哲平」

妙に楽しそうにしている二人の声を朧《おぼろ》げに聞きながら、哲平は全身で息をしている。

「ねえ、てっちゃん。今入れてたのどっちだかわかった？」

「え……？」

思い出したように訊ねられて、困惑する。そんなもの、わかるはずがなかった。

なぜか声が震えた。罪の告白でもするような重苦しさがあった。

「わ……わかんねえよ……」

二人は沈黙した。その静けさに哲平は妙に怯えた。

「え、マジで？　ははっ。ショックだなあ。樫井のチンポのせいで忘れちまったのか？」

やがて、わざとらしいような快活な調子で滋が笑う。すると、京介も異様に明るい声で続けた。

「じゃあもう一回しよ。てっちゃんがわかるまでずっと」

「ああ、そうだな。俺たちの、哲平の体に教え込んでやんなきゃな」

「え……、え……？　ちょっと待てよ、俺、まだ……、んぐっ」

抗議しようとする口をすでに勃起した硬い男根で塞がれる。同時に蕩け切った下の口にも反り返ったものがぐちゅりと侵入し、哲平の肉体は再び暴力的な快楽に揺すぶられ始める。

(なんにも、変わってねえじゃねえか……っ)

熱病のような興奮に揉まれながら、哲平は胸の内で悪態をつく。愛があるからなんだと言うんだ。こんなどちらか当てるまで犯すのをやめないなどという行為は遊び以外の何物でもない。

(前よりずっと酷くなってるし……こんなんじゃ、体がいくつあっても足りねえよ……っ)

「ねえ、てっちゃん、どっちがいい？　俺たちと樫井、どっちが気持ちいい？」

「哲平、お前樫井とのときもこんな勃起しっ放しで精液垂れ流してたのか？　なあ、どうなんだよ？」

自分よりはるかに体格のいい男二人に犯されて、上も下も陵辱され答えられるわけがないのに、二人は狂ったように樫井との違いを捲し立てる。

「てっちゃん、今入れてるのはどっちだかわかる？」

「はあ、あ、え……」

束の間、口に入っているものが抜かれる。

同じようなところから声が聞こえるのでそれから判別することもできない。体温の違いも今では皆熱くなってしまい判別がつかなかった。もう当てずっぽうだ。

「し、滋兄ちゃん……？」

「おっ、正解！」

「よかったね、てっちゃん。ご褒美に体位変えてあげるよ」

「え!? んっ！ あっ……」

ふいに下の男根が引き抜かれ、哲平は両手を頭上に上げたままの姿勢の拘束を解かれる。すると体を抱え上げられ、背中の下に一人が入り込み、そのままの体勢で陰茎を再び挿入された。もう一人が上から哲平の上にシックスナインの状態で跨がり、しゃぶり始める。下から突き上げられ、上から舐められ舐めさせられて、文字通りのサンドイッチ状態に意識が混濁し始める。

「はぁ、ふあ、う、嘘つき、当たったのに、なんで……っ」

「当たったらやめるなんて言ってないよ。てっちゃん、俺のも舐めて」

「ひいっ!!」

お仕置きをするように、滋のものを咥え込んだ肛門にぐちゅりと指を入れられる。

「やあ、やだっ!! 拡がる、拡がっちゃう、あ、ひぃ、あ」

「拡げてるんだよ、てっちゃん。もっと柔らかくして、とろとろにして、いずれは二本入るようにしたいから」

「ああ、それいいなあ。そこまでいっちまったら、もう一人の男にゃ戻れなくなりそうだしな。でもそこまで拡張するんなら、多少興奮剤も必要だなあ」

二人とも愉快げに空恐ろしいことを喋りつつ、哲平を犯すのをやめない。滋は胸に手を伸ばし乳首を転がしながら緩慢に腰を動かし、いいところをしつこくぐりぐりと擦り上げる。京介は哲平の陰茎を愛《いと》おしげにしゃぶりながら、睾丸《こうがん》を揉みつつ、指で中をかき回している。

「んう、ぐ、ふっ、は、はふ、あ、はあ」

哲平は涙や洟を垂れながら、京介の陰茎を頬張り、逃げ場のない絶頂の極みを漂っていた。オーガズムに達したまま戻れない状態で、ただ二人に玩弄されて精液を漏らしながら鳴く生き物になっていた。

(なんで、こんなことになっちまってるんだ?)

これが、愛の行為なのだろうか。よくわからない。

けれど、京介も日本に残る決意をしたようだし、樫井と哲平を襲った犯人もまったく別の男だったことがわかったし、これでよかったのかもしれない。

(樫井には、悪いことしちまったな)

とうに理性の飛んでいる頭の片隅でそう思うのは、結局自分が樫井の手を借りても、この

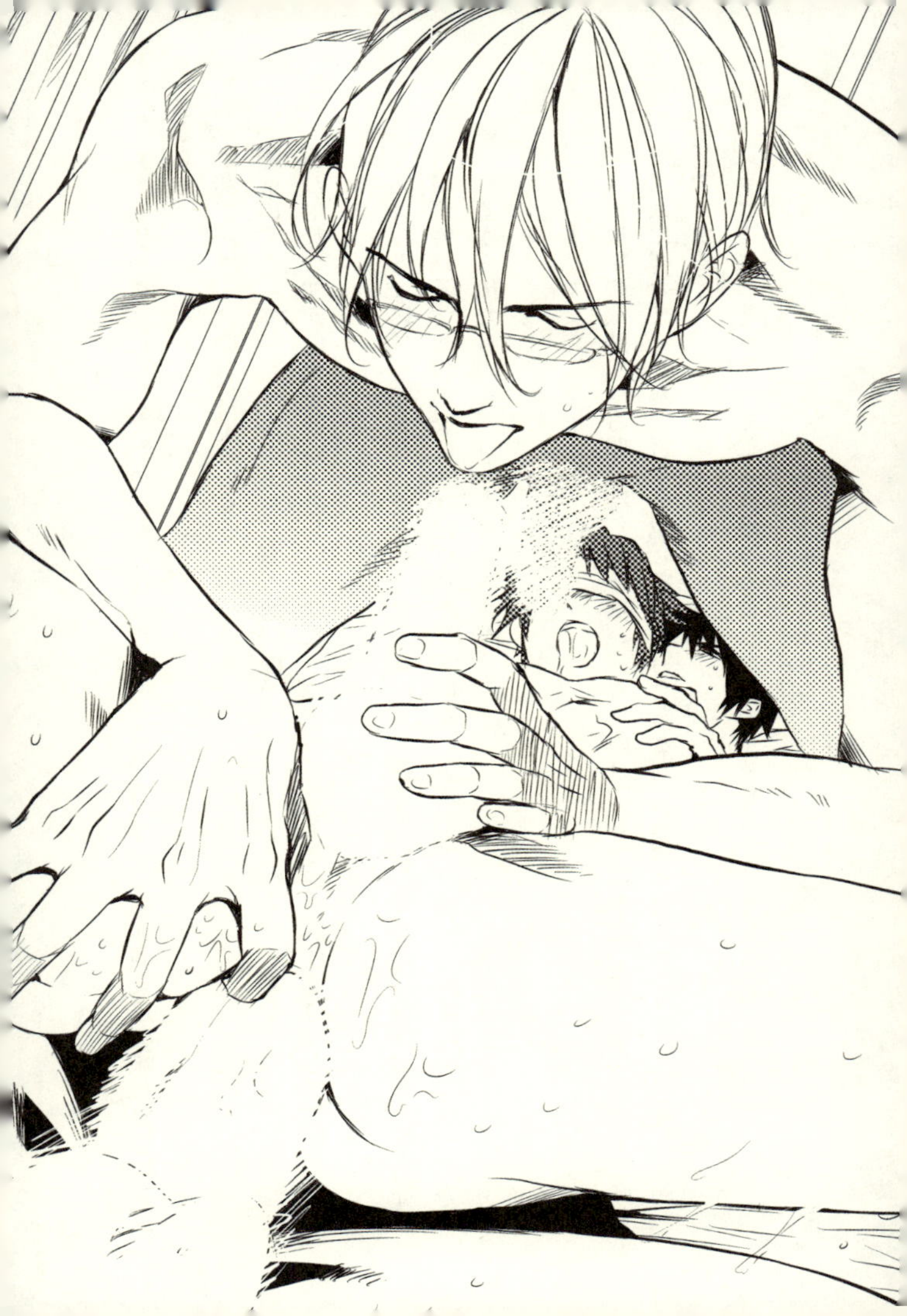

からだ。

三人の関係から逃れられなかったからだった。そして、明らかに快楽の天辺を味わっている
「はあ、ああ、いい、哲平、いくぞ、いくぞ！」

「俺も出すよ、てっちゃん……っ、あ、あ、はっ」

再び射精の波が三人を襲い、激しい動きにベッドがギシギシとうるさく鳴った。

「んはあっ！　あ、あ、ひぃあ、あああ……ッ‼」

ぐちゃぐちゃに尻を犯され、前を強く吸われて、大きく喘いだ哲平の口からぶりんと京介の男根が外れる。その拍子に吐き出された精液は滋の方まで飛び散り、同時に引き抜かれた滋の陰茎から出たものも、京介の顔を汚した。

「うわ……、クッセェ」

「滋兄のよりマシだよ！」

二人は放出の快感に浸る間もなく顔を拭い、哲平の目隠しを取った。涙に濡れた視界に映った二人は、今まで乱暴に哲平を犯していた男たちと同一人物とは思えないほど、優しい顔をしていた。

「「愛してる」」そう言って二人は蕩けるような甘いキスを哲平にくれたのだった。

＊＊＊

とうとう終業式の日がやって来た。樫井はまだ入院中で式には参加できず、次に学校で顔を合わせるのは二学期ということになる。

教室はいよいよ夏休みに突入という日に盛り上がりに盛り上がっていた。

「よっしゃ——！　明日から夏休みだぜ！」

「俺彼女と沖縄《おきなわ》行くんだ」

「俺も毎日デートしまくり！　やりまくり！」

「下品なこと言うなよー、それに哲平君が可哀想だろおー？」

「あっ！　ごめんごめん！」

「そうか、哲平は一夏の体験が目標だったんだよな！」

「お前ら……」

わざとらしく哲平を囲んではしゃぎまくる友人たちに、哲平はなんとも言えずため息だけつく。まさか、一夏の体験などとっくに終わらせてしまったとも言えないが、それが少し人とは違う体験だったために、胸を張って主張することもできない。

けれど、樫井には言わなければならないことがあった。あの犯人の件と、そして付き合うということに関しての件だ。

哲平は数日前に一人で樫井の病室を訪れたことを思い出した。

「お前……あの男に襲われたのか！」

京介の予備校の前であった事件について話そうとすると、最初に襲われたくだりを明かしただけで樫井は目を剝いた。

「あ、それは助けてくれた奴がいたから大丈夫だったんだ。安心しろって」

「ったく……あれほど気をつけろって言ったのによ！」

「ああ、そうだな……あのとき、誰も助けてくれなかったら、ヤバかったよな」

「ヤバイなんてもんじゃねえよ！　お前はホント、放っとけねえな」

樫井は険しい顔で舌打ちする。本当に自分を心配してくれているとわかって、哲平の顔は思わず綻んだ。

「あ、それでな、樫井……実はその襲った奴、俺が関係してた男じゃなかったんだ」

「へ？　マジかよ」

最も重要な報告をすると、樫井は目を丸くして驚いた。

「そいつ、俺の件の奴と同じ奴だったのか？」

「ああ。お前を襲った男に間違いない。俺の脚も折ってやろうかって言ってたし」

「お前の男じゃなかったら、なんでそんなことすんだ」

「なんか……俺たちがラブホ入るところ見てたらしい。俺のこと前からつけ回してたただの変態だったよ」

　すると樫井は低く唸って考え込む。

「……それじゃあ、今お前が危ない状況なのは変わんねえじゃんか」

「ああ……うん、それは大丈夫」

　あの男に襲われて以来、出歩くとき滋も京介も一人にしてくれないようになった。朝の登校時とバイトへ行くときは京介が、そしてバイト帰りは滋がわざわざ迎えに来てくれて一緒に帰宅する。やり過ぎだと思わなくもないが、男同士の痴情のもつれだし、なるべく警察沙汰にはしたくなかったので、その方法もしばらくは仕方ないと思えた。

「それ……どういう意味だ？」

　樫井の声のトーンが変わる。すでに何かを察して、表情が強張っている。哲平も覚悟をして、その言葉を口にした。

「ごめん、樫井……俺、お前とは付き合えない」

「よりが戻っちまったのか」

　無言で頷く。よりが戻ったというのかはわからないけれど、こんなけじめのつけられない状態で樫井に甘えることはできなかった。それに、またあの男が樫井を攻撃しないとも限らない。

そうすると、京介や滋に対してはどうなのかと思うが、あの男はそもそも樫井を敵視している様子だった。二人を襲う可能性もなくはないが、そうなったらいよいよ警察を頼らなければいけなくなるかもしれない。幸い、あの雨の夜以来、男の気配はなかった。面が割れたので諦めたのだろうか。そうだったらいいのに、と哲平は願っている。

「ふう……。俺が入院なんかしてっから、また攫《さら》われちまったんだな」

「ごめん。考えてみたらお前のその怪我も元々は俺のせいだよな」

「ん？　どうしてだよ」

哲平にはすべての元凶が自分のように思えた。自分がもっとしっかりと意志を持っていたら。こんなに流されてばかりの軟弱な精神じゃなかったら。

「だって、俺が軽い気持ちでお前を受け入れなかったら、ラブホに行くこともなかったし」

「バカ、何言ってんだよ。俺はあのこと全然後悔なんかしてねえぞ」

「だけど……」

「それに、別にまだ諦めたわけじゃねえしな」

さらりと言われて、哲平はきょとんとする。何を、と聞こうとする前に、「あ、そうだ」と樫井は何かを思いついた様子でニヤリと笑った。

「そうだ、お前そいつの顔見たんだろ？　それなら、俺が退院したら一緒に探そうぜ。俺のこと恨んでる奴なら顔見りゃわかる」

「警察に突き出すのか？」

「そんなもったいねえことしねえよ」

樫井は昏《くら》い目をして笑った。この男は時々こういう物騒な顔をする。

「俺と同じ痛みを味わわせてやる。それ以上にもな」

「わ……わかった」

とりあえずは頷いたが、本心では樫井をこれ以上危ない目に遭わせたくなかった。だから哲平は万が一その男に出会っても知らんぷりをしようと考えていた――樫井には嘘をつくことになってしまうのだが、それは樫井を守るための方便だ。

「じゃあ俺、そろそろ……」

「ん？　ああ。もう帰んのか」

腰を上げかけた哲平に、樫井は少し寂しそうな顔をする。胸の奥が痛んだが、病院の外で京介がずっと待っている。長居はできない。

「うん。またすぐ来るよ。他の連中も一緒に」

「うえ……あいつら今度こそ出入り禁止になるぞ」

「出入り禁止食らっても普通に来るだろ」

そしたら俺が追い出されちまうだろ！　と憤慨しつつ、樫井は嬉しそうだった。その笑顔に、哲平も安心したものだ。

（あいつとは恋人にはなれないけど、友達として付き合っていける）

樫井にはその安心感があった。受け入れられないと言ったときも、滋や京介のように不機嫌な様子を見せなかったし、何事もなかったように普通に友達関係に戻れるという確信があった。

ぞろぞろと教室から体育館に移動する最中も、そんなふうにいろいろと考えごとをしていた哲平は、はたと忘れ物に気がついた。

「おい哲平、何してんだよ。終業式遅れっぞ」

「あ……、ワリ、俺体育館履き忘れて来た。先行ってて」

ボケッとしていたので履き替えるための上履きを教室に忘れて来てしまった。哲平は慌てて一人で教室に引き返す。

（ああ。明日からは夏休みか……）

心なしかいつもと違う校内の空気を感じながら、哲平はかつて夏休みに彼女と初Hをするという野望を抱いていた童貞丸出しの自分を思い返していた。たった一ヶ月ほど前のことだというのに、まるで一年くらいは昔のような気がする。

（俺、ちょっとはどうにか成長したのかな）

考えてみるが、男同士のセックスに溺れたくらいでは精神的に成長するはずもなかった。ただ、いろいろな修羅場を味わっただけ少しは逞《たくま》しくなれたのかもしれない。

（問題は夏休み、あいつらが毎日迫って来そうなことだよな……）

哲平は親に半ば強制されて、京介と同じ予備校に夏期講習を受けに行くことになっていた。一応高校二年生の夏休みは受験勉強を本格化する同級生も多いことだし、渋々受け入れたはいいのだが、毎日京介と顔を合わせていては結局いいように丸め込まれ、武田家に連れ込まれてしまいそうで怖い。

二人とのセックスは嫌いではないが、如何《いかん》せん激し過ぎるのが辛い。ほどほどにしてもらわないと、翌日は疲れ切って役立たずの体になってしまう。

それでも、以前三人の関係に悩んでいたときよりは、よっぽどマシだった。

（一応、愛してるって……言ってくれたんだもんな）

ただの遊びだと、気持ちよければいいんだという行為に罪悪感を覚えていた哲平は、二人の本心を聞くことで大分救われていた。あの言葉を貰っていなければ、きっと自分は樫井を選んでいただろうと思う。そこに自分の気持ちはないのかと問われれば、多少あるとは言える。普通の友人に対するような気持ちしかなければ、こんなに何度も関係は持てない。

二人と一緒にいると居心地がよかった。昔から一緒にいたのだから当然と言えば当然だけれど、体の関係ができてからは、より安心感が増したというか、何よりも好きな二人にこれだけ執着され求められているというのは、息苦しいときもあるが、満たされていると感じる。

夏休みは、三人で海か温泉かに旅行しようと言っていた。いろいろ計画しようと言っていたので、とても楽しみだ。こんなふうに幼なじみで過ごす夏休みは小学生以来だろうか。なんだかんだで中学以降は疎遠になっていたので、今まではまったく違う関係になったのにも拘らず、懐かしいような温かい気持ちを抱いていた。

教室で体育館履きを取り、急いで体育館へ向かおうとすると、渡り廊下の方で聞き慣れた声が聞こえて来た。

「――へえ。樫井はそんなこと言ってたのか」

「うん。てっちゃんが見舞いに行った帰りに話してくれた。その男見つけたら痛い目に遭わすって」

京介と滋だった。

大半の生徒が移動した後の閑散とした渡り廊下で、二人は何か密談をするような雰囲気で話し合っている。

(樫井のこと……話してるのか?)

妙に割り込めない空気だった。哲平は思わず渡り廊下へ続く入り口の後ろに隠れ、聞き耳を立ててしまう。

「大丈夫なのか? あいつも相当鼻息荒いな。ま、当たり前か」

「問題ないよ。樫井にはあいつは見つけられない。元々、全然無関係な人間なんだから」

息を呑む。一体、なんのことを話しているというのか。

「けど、軽く怪我させようと思っただけなのに、スッ転んで勝手に脚骨折したのは自分のせいだよなあ。俺がぶっ叩いた肩だってヒビ止まりだったんだろ?」

「そうみたい。意外と安全運転で転んでも骨折で済んだんだけどね。アイツこれからもてっちゃんにちょっかい出さないか心配だし、いっそのこと死んじゃえばよかったのに」

「おいおい、お前が言うと冗談に聞こえねえよ。またあの男雇って、今度は俺襲わせるなんてことしねえだろうな」

「そんなことしないよ。一人のチンピラに演技させるのだって相当お金かかったんだから。滋兄こそ、俺のこと鉄パイプで殴んないでよね」

「ははっ。しねえよ。お前だって一応、俺の大事な幼なじみだからな」

「どうだか……」

二人の声は次第に遠くなっていく。哲平は体育館へ向かうことも忘れて、ずるずるとその場に座り込んだ。

七月下旬、夏の盛りだというのに、哲平の指先は寒さに震え、暑さのためではない冷たい汗をかいている。

体育館の方からマイクの不愉快な金属音の後に、耳障りな教頭の声が聞こえてくる。油《あぶら》蟬《ぜみ》のやかましい鳴き声がわんわんと頭の中にこだまし、一陣の風に校舎裏の木々がざわめいている。哲平は呼吸を震わせ、蒼白《あおじろ》い瞼《まぶた》を閉じた。

――遊びのルールはひとつだけ。三人でプレイすること。
ルールを破ったらどうなる？　皆悪魔になってしまう？
長い長い夏休みが、始まろうとしていた。

あとがき

シャレード文庫さんでははじめまして。丸木文華です。

担当さんとの打合せの時点ではあとがきを4コマギャグ漫画にでもしようかと話していたのですが、そういう雰囲気の終わり方でもないなあと思ってやめました…。

私としては二作目になる3Pものの小説ですが、かなり暗黒サイドに落ちた複数ものになってしまいました。主人公がいろんな意味で無知なので作中の雰囲気的には暗くはないのですが、最終的にはヤンデレが二人という状態で、この先主人公と某当て馬の人生が心配になってしまう感じです。本当だったら本編の後に攻め視点の短編を入れたかったですが、ページ数的に今回は攻めが二人だし無理かなあと思って断念しました。血で血を洗う話になってしまいそうですけれども、機会があれば書いてみたいです。

京介はヤンデレ要素が最初からビンビンでしたが、滋のような一見爽やかで明るいヤンデレの方が個人的に怖いです。一人のヤンデレでも怖いのに、ヤンデレ二人に攻められる3Pは受け的にホラーだなあと思いました。

実は当初のプロットでは高校生三人のお話でした。私はなぜか高校生ものが好きです。中学校でもいいですが高校もいいです。つまり青臭い制服が好きなのでしょうか。なので、滋の原型は体育会系の高校生でした。それを大人にしたことでちょっとした一癖が加わり、京介と一緒にヤンデレに進化してしまいました。最後のあの事件を起こすことを最初に提案したのは、皆さんはどちらだと思いますか。


最後に、読んでくださった皆様、声をかけてくださった担当さん、本当にありがとうございます。入稿した順番と発売される順番は必ずしも一致しないもので、図らずもかなりのバッド展開の作品が続いてしまっている昨今ですが、どうかこれに懲りず今後とも丸木作品とお付き合いしてやってくださいね。

このあとがきを書いている時点ではまだ関東は梅雨明けしておりませんが、かなりの暑さに閉口しています。皆様熱中症などにかからぬよう、どうぞご自愛くださいね。

それでは、またどこかでお会いできることを願っています。

丸木文華先生へのお便り、
本作品に関するご意見、ご感想などは
〒101-8405
東京都千代田区三崎町2-18-11
二見書房　シャレード文庫
「三人遊び」係まで。

本作品は書き下ろしです

CHARADE BUNKO

三《さん》人《にん》遊《あそ》び

【著者】丸《まる》木《き》文華《ぶんげ》

【発行所】株式会社二見書房
東京都千代田区三崎町2-18-11
電話　03(3515)2311［営業］
　　　03(3515)2314［編集］
振替　00170-4-2639
【印刷】株式会社堀内印刷所
【製本】ナショナル製本協同組合

ISBN978-4-576-11110-0

http://charade.futami.co.jp/